a história de
DORALICE

MARIA DOLORES WANDERLEY

2023

Para Teresa.

EDITOR
Renato Rezende

REVISÃO
Ingrid Vieira

PROJETO GRÁFICO
Tiago Gonçalves

DADOS INTERNACIONAIS DE CATALOGAÇÃO NA PUBLICAÇÃO – CIP

W244   Wanderley, Maria Dolores
A história de Doralice / Maria Dolores Wanderley.
Rio de Janeiro: Circuito, 2023.
138 p.; Il.

ISBN 978-65-86974-65-2

1. Literatura Brasileira. 2. Romance.

CDU 821.134.3(81)   **CDD B869.3**

EDITORA CIRCUITO
Largo do Arouche, n. 252, apto. 901,
São Paulo/SP, CEP 01219-010
www.editoracircuito.com.br

- **9** Como o inseto verde que, vez por outra, pousa sobre a mobília.
- **69** Tudo o que o envolvia era lento, atoladiço como um pântano.
- **87** Meu amor, essa música, que ouvimos, são ecos do barulho inicial
- **111** O vírus

COMO O INSETO VERDE QUE, VEZ POR OUTRA, POUSA SOBRE A MOBÍLIA.

    Não sei precisar quando as palavras fugiram de mim, do meu domínio. Eu fui um menino desenrolado e engraçado, fazedor de pilhérias. Precocemente alfabetizado, me explicava muito bem para as pessoas, tanto pela fala quanto pela escrita, não tinha maiores inibições. Ao crescer, contudo, foi como se tivesse engolido integralmente as palavras do meu vocabulário – e, com elas, sumiram parte de minha infância, adolescência e fase adulta, quando toda tentativa de comunicação passou a ser um malogro, que se dava repetidamente à minha revelia. Antes de as palavras fugirem de mim, eu as cuidava para que fluíssem submissas para além do incomunicável, para que não caíssem em vãos, não as distorcessem os moinhos, para que o outro as entendesse claramente. Enquanto isso, o outro brincava ao bel prazer pelos vãos dos significados, quase nunca aceitava as palavras que eu propunha ou correspondia à confidência com a qual contava. O outro teimava, mentia, negava-se a se comunicar comigo, ou, melhor dizendo, negava-se a se comunicar. E estenderam-se abismos de silêncio.

Eu era como um pobre anjo que vivia procurando por sua alma pelo caminho mais difícil, escondendo as suas palavras. Aprendi a ter medo de ser mal interpretado, de me roubarem as palavras, de me deturparem os pensamentos mais íntimos, por isso me calei o quanto pude até conhecer Doralice. Sei da história de muitas mulheres, histórias reais, que a clínica médica homeopática proporciona ao olhar para cada uma delas como seres especiais, dos quais puxo o fio enovelado de suas lembranças, dos seus sintomas particulares, ou apenas dos seus sintomas, como se diz na homeopatia. Nas abordagens terapêuticas usei e uso o manual de Samuel Hahnemann, o qual estou sempre estudando e consultando. Ao fazê-lo, coloco uma ou outra palavra própria visando a comunicação com os pacientes os quais são únicos e muito diversificados, também nas palavras. A residência médica, os plantões, a própria opção pela medicina, vem de eu ter nascido com um olhar de paixão para o outro, um pendor para cuidar do outro; nisso me identifico plenamente com elas, as mulheres, que em sua maioria nascem biologicamente preparadas para essa lida, como a minha mãe. A lida de cuidar, de nutrir, de perpetuar a espécie. Me interesso particularmente pelas histórias contadas pelas mulheres simples, as ribeirinhas, as indígenas, com a energia vital mais equilibrada, menos desagregada pelo verbo, mais integradas consigo mesmas e com a natureza. Me interesso por tudo o que diz respeito ao ser feminino contado pelas grandes escritoras e escritores. Me interesso pelas estratégias de sobrevivência por elas desenvolvidas em um mundo dominado por homens, pelo dinheiro e pelo verbo, tão habilmente manipulado pelas almas dominadoras, gerando personalidades complexas e fascinantes. Sim, o verbo oprime, mas Doralice me fez conjugar o verbo amar, abriu um portal de novas palavras e novos significados, me ensinou a confiar a certas pessoas as minhas palavras próprias – ou, melhor dizendo, me ensinou que as pessoas certas são raras e difíceis de encontrar, e quando as encontramos devemos cuidar para não perdê-las. Doralice parecia não compactuar plenamente com esta característica tipicamente feminina: distorcer o verbo, parecia não querer explorar o outro utilizando-se das palavras, embora eu não saiba até onde vai minha ingenuidade ao supor isto, mas não importa. Abomino a exploração, a opressão entre os seres humanos, seja ela afetiva, financeira ou verbal – embora, infelizmente, tenha constatado o que parece ser inerente ao ser humano quando se vê em situação de vantagem, não importa qual seja e por menor que seja: uma tendência a explorar, desdenhar ou mesmo desconsiderar o seu semelhante, e o desrespeita em assim fazendo. Por isto fiquei na defensiva por tanto tempo, o tanto quanto um homem se permite ficar. Terminei por optar pelo ramo homeopático da medicina, pelo fato de este ramo relativamente antigo das ciências médicas lidar com as palavras mais afins dos seres humanos, os sintomas. Através dele abri um canal de comunicação mais eficaz e verdadeiro com os pacientes, com as pessoas, com o outro, comigo mesmo. Optei por viver na Amazônia por estar saturado das doenças da civilização.

As cidades demasiadamente grandes, como a minha, onde nasci e vivi parte da vida, já estão demasiadamente doentes, nelas o nosso trabalho se assemelha a enxugar gelo, um trabalho quase inútil. Raramente volto ao mundo "civilizado", apenas por questões urgentes, que precisam da minha presença, como agora. Sei do risco que estou correndo ao relatar os fatos que me incumbiram de fazê-lo, não sei se chegarei vivo ao final desta história, se passarei pelo livro dos ossos. Minha ligação com Doralice está para além das ciências médicas e sabemos que coisas aparentemente inexplicáveis podem acontecer antes que eu conclua este relato. Quero escrevê-lo com minhas próprias palavras, aquelas que eu engoli enquanto crescia, aquelas que saltaram de dentro de mim ao encontrar Doralice, e outras que aprendi a omitir e a falar na surdina das relações humanas na minha vivência na floresta.

Estamos em meados de agosto de 2019. Os batimentos cardíacos de Doralice ecoam descontrolados pela unidade de terapia intensiva do hospital das clínicas de Capital. Os cabos conectados ao seu tórax são muitos; um tubo alimenta de oxigênio os seus pulmões, e o soro fisiológico e os sedativos chegam ao seu organismo por meio de outros acessos. Definitivamente esta não é uma situação agradável de se experimentar, mas nós, médicos, por sabermos ou supormos saber do que se trata, terminamos por nos acostumar, não nos abalamos. No entanto, é necessário muito esforço, por parte de Doralice, para suportar o incômodo, a dor, e seguir em frente para conseguir chegar viva ao dia seguinte. Sim, é uma luta entre a vida e a morte, travada no ringue da unidade de terapia intensiva, onde tudo pode acontecer. Não há expectadores nesta luta, apenas os médicos, as enfermeiras, os técnicos de enfermagem. Os parentes próximos, o marido, os filhos, ansiosos e impotentes, ficam do lado de fora da sala aguardando notícias, sem poderem entrar. Esta é a terceira intervenção cirúrgica realizada em minha amiga em menos de seis meses.

Espero-a despertar segurando firmemente os cadernos dados a mim por um de seus filhos, segurando-os como se disso dependessem nossas vidas – a minha, a da minha amiga e a de seu filho, que está aguardando no corredor do hospital. Me chama a atenção o caderno com fios dourados nas bordas das páginas, e em particular, o Livro dos Ossos. Doralice está realmente em um estado crítico, está se entregando totalmente aos tratamentos, confiando na equipe médica, incumbindo a mim os cuidados homeopáticos e a narração de toda a sua história, um dos seus objetivos de vida que já havia iniciado antes deste último infarto, visando concretizá-lo nos próximos meses. Essa história que está guardada nestes cadernos, nos quais ela mesma estava escrevendo sobre sua vida, a sua autobiografia. Acredito que toda vida humana tem uma história interessante a ser contada, a ser resgatada, e a vida de minha amiga é bela e peculiar. Sua história é rica de afetos e de lutas, como a batalha que vem travando nestes dias, e que precisamos, ela, a família, a equipe médica e eu, que dela saia mais uma vez vencedora, como sempre tem saído de suas lutas, apesar dos pesares. Sei muito da sua vida particular, pois dela participei graciosamente, e continuo participando, mas muitas coisas se passaram nesses anos todos em que não nos vimos. Muito do que sei sobre Doralice, e do que não sei, está escrito nas páginas destes cadernos. Enquanto espero a minha amiga acordar, abro o caderno com fios dourados nas bordas, viro e reviro as páginas, folheando-as aleatoriamente sem conseguir me concentrar em nenhuma delas, tentando condensar algumas ideias que se repetem ao longo dos textos, sem, no entanto, obter êxito; sem saber como levar a cabo esta empreitada à qual me dispus, sem saber por onde começar a história de Doralice. Abro numa certa página onde estão escritas as seguintes palavras, com letras tremidas:

Agosto de 2019. O mês de agosto não tem sido nada fácil para mim, mas é assim mesmo, agitações desastrosas acontecem comigo! Estou transbordando de ideias, de sentimentos represados e, de repente, um infarto! Infarto agudo do miocárdio! Grave! Com suprarrenal! E eu quase morro, sendo salva pela astúcia e pelo conhecimento médico atual, rápido e competente. Meus sentimentos têm estado muito contraditórios, o humor é alternante, a jornada é cheia de picos e vales. Meu Deus! Somos de fases mesmo, as mulheres, como as luas, que loucura! Agora me dou conta de como sou várias Doralices ao longo do dia. Em uma hora sou uma mulher, já no momento seguinte sou outra e depois mais outra e mais outras. Há alvoroços demais na minha vida. Por que eles vêm como tsunamis? Não era assim quando eu era criança, adolescente e adulta jovem, não. Tudo começou depois que mamãe morreu. Por que essas coisas acontecem comigo dessa forma? Tenho muito o que pensar e escrever sobre isto.

Foi com este texto que eu estava lendo – ou, mais precisamente, com esta última queixa, a falta que lhe faz a sua mãe – que coincidentemente começamos a nossa primeira consulta aqui, na UTI, na ocasião em que despertou da cirurgia. Me pareceu que minha amiga já estava acordada e tinha visto, de algum modo, a página que eu estava lendo e transcrevendo; ou, simplesmente, estávamos muito sintonizados espiritualmente um com o outro, pensando no mesmo assunto ao mesmo tempo, isto também acontece. Foi uma consulta muito longa, vagarosa, onde fui anotando tudo o que me falava, cuidando das suas palavras para que não caíssem em vãos.... Não as distorcessem os moinhos. Eu, aquele pobre anjo da infância, agora estava cuidando das palavras de Doralice, que finalizou esta primeira consulta me dizendo muito baixinho, quase sem voz:

- Zé Mauro, eu preciso equilibrar a minha energia vital com o medicamento certo. Esta canção que estou tocando com o meu corpo, a continuar assim a ser tocada nessa violência, vai acabar por me matar. Vieram vários medicamentos e ainda continuarão a vir de forma violenta, como os infartos.

Acho um pouco delirante a construção da sua fala, mas deve estar em um contexto que desconheço. Ela volta a dormir sob o efeito de sedativos. Duas luminárias no teto baixo da unidade de terapia intensiva clareiam fracamente o ambiente, a cabeceira encostada no painel tem botões ligados a monitores multiparamétricos situados à esquerda e à direita da cama, gerenciados por uma central com acesso contínuo aptos à hemodinâmica complexa, monitorização neurológica, e tudo o mais que for preciso para mantê-la viva de súbito, emergencialmente. Administro uma dose potente de Stramonium sublingual e nos próximos dias seguirei administrando outras doses, acho que irão ajudá-la. Ficarei observando suas reações ao Stramonium, um dos principais medicamentos descritos na literatura homeopática para o sentimento de abandono e por apresentar sintomas de delírios de fúria. Enquanto aguardo que descanse e durma, pego novamente o caderno espesso de fios dourados nas mãos, sigo folheando-o como se ali estivesse a minha amiga, livre dos tubos e acessos, intocável, e eu sempre rememorando os sintomas característicos do Stramonium: agitação, espasmos, delírio furioso, alucinações contínuas, insônia... Seu filho médico entra devagar, se aproxima da mãe e novamente me lembra que sou o fiel depositário dos seus escritos, como se dissesse que a história da vida de sua mãe, com todas as implicações que isto representa nesse momento, estivesse em minhas mãos. Foi assim que Doralice quis, é assim que Doralice quer, foi para isto que me chamou. É sua maneira de me amar, de nos curarmos através das palavras.

Continuo a ler os escritos e a transcrevê-los, tentando seguir a ordem cronológica dos acontecimentos, mas quando menos espero, certas frases me puxam, como as que transcrevo agora, que foram escritas logo após o primeiro infarto.

Fevereiro de 2019. Falar de desejos é um processo de mergulho interno profundo. Gostaria de falar agora dos meus desejos mais íntimos, mas tenho medo de não voltar desse mergulho, ainda mais na situação em que me encontro, de total fragilidade física e mental pós-infarto, por isso vou tentar fazê-lo de uma maneira prática, enumerando-os. Vai ser bom para me manter viva, me manter com a cabeça funcionando.

1 - O que quero fazer daqui a dois anos?

Desejo estar forte e saudável, praticando meus exercícios regulares e me expandindo. Quero ter aprendido a andar de bicicleta e me engajado em passeios em grupo. Ter um carro automático, zero quilômetro, com os descontos necessários para a idade. Ter um grupo regular de amigos, para sair toda semana para conversar, trocar ideias, rir muito, relaxar e filosofar. Atender 20 pacientes por semana. Fazer uma viagem internacional por ano, e outra nacional, para um lugar que nunca tenha visitado antes. Fazer um retiro de meditação do silêncio em algum lugar seguro. Provar o chá de ayahuasca pelo menos uma vez para iniciar a abertura do inconsciente. Me aposentar pelo INSS. Fazer a escritura da minha casa. Fazer massagens semanalmente. Reiniciar a minha análise. Viajar junto com meus filhos. Ter um grupo de amigos para viajar. Sair para dançar, seja em aula ou em festas. Entrar em um coral para cantar.

2 - O que quero fazer daqui a cinco anos?

Ter vendido o terreno de Ouro Preto por um bom dinheiro e encerrado todo o meu processo com Marinalva e Pedro. Dividir o dinheiro entre eu, Antônio e João. Abrir uma escolinha Waldorf, fazer curso de peda-

gogia Waldorf. Permanecer no consultório, atender somente a particulares e ser a melhor pediatra da cidade, consulta mais cara. Viajar para todos os congressos internacionais de homeopatia, anualmente. Estar firmada em uma doutrina (espírita, católica, budista me encontrar e praticar a doutrina). Comprar um ótimo apartamento. Iniciar a escrita de um livro de crônicas ou de memórias.

Fazer um intercâmbio de línguas de um a três anos em países estrangeiros (França, Inglaterra). Manter a saúde em foco, com exercícios, andar de bicicleta, nadar e dançar regularmente, me manter cantando. Visitar os meus filhos, onde quer que eles estejam (países), pelo menos duas vezes por ano. Comprar a sala de Lídia Nascimento, se ela parar de trabalhar, para expandir o meu consultório. Iniciar algum trabalho filantrópico, seja em creches, em abrigos ou instituições religiosas, para devolver gratuitamente, através do meu trabalho, tudo que recebi até agora.

3 - O que quero fazer daqui a dez anos?

Me sentir cheia de alegria e energia. Continuar trabalhando no consultório. Cantar em um coral que leve música para crianças e idosos em hospitais. Fazer longas caminhadas pelas florestas, com saúde e disposição. Participar de retiros de meditação e trilhas em vários lugares do mundo. Fazer um trecho do caminho de Santiago ou Fátima.

Visitar lugares sagrados todos os anos, que sejam portais de luz.

Concluir o meu livro de crônicas. Permanecer me exercitando diariamente. Ter uma renda farta que me permita parar de trabalhar se eu assim desejar.

Minha amiga é muitíssimo organizada e desejante, este trecho que acabo de transcrever é pleno de energia, confiança na vida, esperança no futuro. Me faz lembrar que a necessidade de organizar, medir o tempo, permitiu ao homem registrar a evolução dos eventos naturais e humanos, bem como as comemorações importantes em datas fixas. Para isto, observava as fases da lua e do sol, criando os calendários que permitem medir e representar graficamente o passar do tempo. A minha amiga é uma pessoa muito estruturada e impregnada dos elementos da natureza, particularmente o Stramonium, é muito plantada na terra e naturalmente em sintonia com os seus movimentos de rotação e translação, e nada disso combina com esta unidade de terapia intensiva. Há um fosso enorme entre esta sala paramentada de instrumentos ruidosos, onde tudo parece frágil, instável, caótico, prestes a desmoronar, e o que acabo de ler neste caderno de bordas douradas, um fosso o qual ela, a equipe médica e eu precisamos transpor, atravessar.

O médico-cirurgião que comanda a equipe chama-se Haroldo Botelho de Menezes, um colega seu de quando cursavam a Faculdade Federal de Medicina, aqui em Capital – hoje, um renomado cardiologista. Lembro perfeitamente dele: apesar de nunca tê-lo visto antes, Doralice falava muito em Haroldo, e, ao fazê-lo, descrevia-o com tanta acuidade e simpatia que terminei formando uma ideia da sua personalidade, a qual memorizei e que correspondeu perfeitamente à pessoa que conheci pessoalmente. Ele foi seu amigo e mentor intelectual durante os seis anos cursados na graduação em medicina, aqui em Capital. Desde esta época ela muito o admira por sua inteligência, competência e generosidade. Eu tinha uma ideia nítida das pessoas sobre as quais Doralice me falava, das quais ela gostava, porque das que não gostava ela não se dava ao trabalho de falar, isto eu percebi na minha amiga. Nossas conversas se davam durante os intervalos das aulas do curso de homeopatia que fizemos em Curitiba, quando esticávamos o assunto e falávamos sobre todas as coisas. Sei que ele está fazendo o possível junto com toda a equipe médica para salvar a minha amiga, mas sabemos todos, incluindo o seu filho médico, que ainda existe risco de morte. Haroldo Botelho de Menezes e o doutor Hiram Fernandes, Doralice considerava-os como pais. Doutor Hiram era também seu mentor e professor, um dos profissionais mais destacados na medicina daquela época. Doralice sempre foi muito séria e aplicada, o que naturalmente a aproximava dos colegas e professores que admirava.

Isto me faz lembrar, entretanto, que ela não teve acesso ao seu verdadeiro pai até os dezoito anos de idade. Tratava-se de um misterioso segredo, guardado a sete chaves por uma mãe obstinada, o qual só se desfez quando ela completou dezoito anos, ocasião em que se deu o primeiro encontro com o seu pai verdadeiro. Até então, sabia-se apenas que ele era polonês e veio ao Brasil fugindo dos escombros da Segunda Guerra Mundial, e do comunismo. Hoje sei, também pelas características fisionômicas de Doralice, que Hector Kotscho era um homem de estatura mediana, loiro, de olhos azuis e muito ambicioso. Chegou ao Brasil pelo porto de Santos por volta de 1955, querendo fazer fortuna. Pegou o primeiro trem que passou na estação ferroviária do porto, por onde transitavam passageiros e vagões de cargas oriundos de diversos países, os quais uma vez acomodados ou descarregados fluiriam Brasil adentro. Pelo porto também saíam passageiros e cargas que seriam exportadas para os mais diversos países mar afora. Sem roteiro definido, numa espécie de roleta-russa, Hector Kotscho seguiu viagem na direção nordeste do Brasil, sem se preocupar com o destino que o esperava. Até poderia haver, quem sabe, no Nordeste aquilo que procurava, um lugar com mais liberdade para investir, para trabalhar, para tocar a vida e ganhar dinheiro; entretanto, não quis saber, não se importou em se informar onde, no Brasil, encontraria tais condições. Definitivamente não sabia aonde o levaria um destino assim, nem tão esperado, ou melhor dizendo, totalmente inesperado, ao qual tratava com tanta displicência. A roleta-russa é uma escolha que traz consigo uma carga de irresponsabilidade e perigo, diria até de certa simpatia pelo suicídio, o que não era o caso, mas são especulações que considero plausíveis e que faço sobre aquele jovem tão enigmático que encantou Lenira, a mãe de Doralice.

Naquela época a malha ferroviária era extensa e Hector, fazendo amizade com os motorneiros, ia de estação em estação, dormitando ora em vagões de cargas, ora em vagões de passageiros, ou nos bancos das estações, terminando por chegar na cidade de Quebradas, ponto final da linha férrea no nordeste brasileiro. Dizia-se, à época, que a cidade se situava onde o vento fazia a curva. Verdade era que em Quebradas ficava o girador de locomotiva que colocava o trem na posição de retornar para Santos, com ventos e tudo, mas acho, cá comigo, que a fama da cidade tinha mais a ver com o atraso econômico da pequena urbe e de seus habitantes e com a distância de outros centros mais desenvolvidos quando se deu a chegada do trem. Quebradas, antes do trem, eram currais perdidos na caatinga, onde esporadicamente se plantavam macaxeira, batata-doce, inhame, milho e algodão. Antes do advento dos minérios e da consequente ligação do trem à malha ferroviária existente no país, era uma cidade pacata, com um sol encandeante, e com apenas quatro ruas pavimentadas que convergiam em uma praça na qual cabiam a igreja e o mercado – onde, dependendo da época do ano, vendia-se leite, queijo, chouriço, milho, sapatos de couro, chapéus e outras manufaturas. Sustentada pelo trabalho de pequenos agricultores e criadores de gado, a cidade sofreu uma mudança considerável ao descobrirem-se, ali, minas de scheelita localizadas nos limites das grandes fazendas de criação. Nas minas havia um minério associado de alto valor econômico, usado na feitura do aço, e presente nas rochas edificantes do embasamento cristalino. O primeiro a descobrir o valor da scheelita foi Amador Teixeira, um agricultor que, em 1943, viu por acaso, inserido nas rochas da região, um minério brilhante amarronzado, o tungstênio. A primeira mina, entretanto, entrou em ação em 1953. Por conta disso, houve uma reviravolta econômica que afetou os costumes dos habitantes, pois a cidade passou a viver em função da exportação do minério retirado das rochas.

Uma verdadeira revolução econômica teve lugar em Quebradas. De repente, criadores de gados magros enriqueceram, passando a negociar o minério de suas terras diretamente com gringos experientes e espertos. Travavam-se, diariamente, verdadeiros duelos argumentativos entre os gringos e os donos das minas, que aprendiam rapidamente a negociar preços em dólares, falando um idioma que era uma mistura do português com outras línguas, principalmente o inglês. Desses duelos semânticos saíram alguns fazendeiros ricos e quase nenhum gringo pobre. À medida que se iam encontrando as minas, a criação de gado ia diminuindo e dando lugar à exportação de fragmentos de rocha e aos concentrados de tungstênio, que saíam nos vagões de carga para o porto de Santos, de onde seguiam para a Europa e para os Estados Unidos. Em pleno processo de descoberta das minas, a terra valorizou-se muitíssimo. A mineração, por sua vez, prosseguia evoluindo e empregando os pequenos agricultores, outrora ociosos durante boa parte do ano, quando as chuvas escasseavam. Ficaram mais ricos ainda os donos das minas que processavam o tungstênio, subproduto da scheelita, usado na indústria bélica naqueles tempos pós-Segunda Guerra Mundial. O alto valor do tungstênio no mercado internacional explicava a corrida para a cidade de Quebradas de gente das redondezas, sem opções de trabalho, e outros querendo enriquecer facilmente, gente que ficara sabendo que em Quebradas havia um minério que valia mais que o ouro.

O fluxo de empresários e engenheiros vindos do exterior era tanto que o governo do estado do Rio Grande subsidiou a construção do Hotel Tungstênio para receber, com o mínimo de conforto, os visitantes que vinham fazer negócios. Abriu também uma sede do Banco do Brasil, posto que o dinheiro circulava com certa facilidade. Os deputados federais, para agradar aos grandes fazendeiros e a título de expandir o transporte ferroviário brasileiro, puxaram a linha férrea até os limites da cidade de Quebradas, por onde circulava toda a carga, além dos malotes dos Correios, tudo sob a responsabilidade do motorneiro, de quem Hector se tornou amigo. Apesar do desconhecimento do real valor do minério por parte dos donos das minas, e justamente por isso, afora uns poucos fazendeiros, quem enriqueceu mesmo foram os gringos, principalmente os americanos. Há uma lenda, dessa época, que em uma fazenda construída pelos gringos nas cercanias da cidade comemorava-se a fortuna enchendo a piscina com whisky importado. Exageros à parte, a lenda reflete os tempos áureos da cidade e o tipo de mentalidade que prosperou nos seus habitantes: o lucro fácil, a exploração do trabalho humano. Foi nessa época que chegaram o cinema, as revistas e os jornais que enchiam os olhos e as cabeças dos habitantes, que passaram a acompanhar o que se passava pelo resto do mundo – posto que o centro do mundo, então, passou a ser Quebradas! As filhas dos fazendeiros ricos seguiam a moda de Paris e desfilavam em festas em Capital ou no Rio de Janeiro. Ao final do ciclo, quando se exauriram as minas economicamente rentáveis, só alguns poucos fazendeiros continuaram ricos, e, aos poucos, os trabalhadores das antigas minas foram migrando para outras plagas.

Lenira era de uma família de novos mineiros que vieram da Paraíba procurando se estabelecer em Quebradas. Não tinham terras, mas possuíam casa própria, que ficava em frente à praça, no coração da cidade. Possuíam, também, boa saúde e seis braços fortes para o trabalho pesado. A mãe morrera sendo Lenira ainda criança; o pai tornou a casar-se, tendo mais três filhos, e todos trabalhavam nas minas de scheelita. Ela era a única filha do primeiro casamento, a única filha mulher. Era costume da família, durante as refeições, comentar as novidades da cidade, tão agitada por aqueles tempos; entretanto, os assuntos que eram trazidos para as reuniões familiares quase nunca interessavam a Lenira. Naquele dia, porém, comentavam especificamente sobre a chegada, pelo trem, de um estrangeiro que andava acompanhado com os mineiros. Não parecia ser engenheiro, pois estava hospedado na casa do motorneiro, além disso, veio pelo porto de Santos, no trem de carga, o que criou uma aura de mistério e especulações sobre sua pessoa.

Lenira lembrou-se dessa conversa, dias depois, ao ver passar caminhado vagarosamente em frente à sede dos Correios em que trabalhava um jovem loiro de olhos azuis, que não se parecia com os engenheiros americanos que andavam pela cidade com ar de superioridade, sempre apressados, procurando por alguma coisa. O jovem de olhos azuis parecia avaliar a cidade de um outro ponto de vista. Não tinha pressa, não parecia procurar por nada. Lenira percebeu, num átimo de segundo, que havia outros tempos que ela não conhecia. Na sua ideia de tempo, que antes incluía a eternidade, não cabiam perfeitamente os americanos. Para Lenira o tempo para incluir os americanos deixou abruptamente de ser eterno para ser a medida do movimento, segundo o antes e o depois, ou uma ordem mensurável do movimento. Ao mesmo tempo, para Lenira o presente era aquilo que não é.... E o próprio tempo não é, mas o que vem a ser. Lenira também experimentava um tempo não medido, mas totalmente percebido, usufruído. Um tempo suficiente para encantar-se com o jeito vadio, ao mesmo tempo charmoso, do jovem forasteiro. Ele era como ela gostaria de ser, se homem fosse. Lenira compreendeu naquele jovem forasteiro uma mistura de audácia, desprendimento e coragem ao saber que ele veio direto do porto de Santos, sem gastar um tostão furado, o que atiçou sua curiosidade e simpatia. Cheia de sentimentos novos e positivos, criou um espaço dentro de si para abrigar o outro, o diferente, o que vem de fora, de muito longe – o que ela desconhecia, e queria conhecer! Seus hormônios se encarregaram de fazer o resto. Olhou-se no espelho grande da sala de jantar fazendo poses e maneiras, avaliando-se, e sonhou pela primeira vez na vida. Estava apaixonada pelo forasteiro. Até então, com seus vinte anos, trabalhava nos Correios e Telégrafos, tinha seu próprio salário, mas vivia na casa do pai e da madrasta, sendo chamada à boca miúda de solteirona. De uma semana para outra imaginou-se conhecendo a Europa, o lugar de onde provavelmente vinha aquele rapaz bonito, perguntando-se: seria ele um francês? Um inglês? Um escocês? Um alemão? Certamente era de algum lugar onde não se vivia de mexericos.

Lenira não era tão independente quanto gostaria. Casar-se, algo que até então para ela significava prisão, passou, de repente, a ser uma ótima oportunidade de conhecer outros lugares, libertar-se daquela vida miúda e quem sabe até sair de vez de Quebradas. Casar-se com aquele forasteiro poderia significar a liberdade! Astuta, tomava suas atitudes sem comentá-las com ninguém, mas não era inconsequente, não dava ponto sem nó. Sabia que o jovem forasteiro passaria nos Correios, mais cedo ou mais tarde, era assim que acontecia com os estrangeiros que por lá se demoravam, e esperou pacientemente por este dia. De temperamento desconfiado, fechado, ninguém suspeitava do turbilhão de pensamentos e sentimentos que passaram a ocupar a sua cabeça e seu coração, que andava batendo mais acelerado ultimamente. Passava a maior parte dos dias sentada atrás de um balcão atendendo esporadicamente um ou outro cliente, pois era pouco o movimento dos Correios de Quebradas. Enquanto isso, aguardava sem saber bem o quê, sonhando com o belo forasteiro de olhos azuis.

Como bem havia suposto, passados dois meses da sua chegada, o jovem foi à sede dos Correios fazer uma postagem, Lenira o atendeu polidamente e encaminhou sua carta pelo malote que sairia em dois dias e chegaria à Santos em duas semanas; daí do porto de Santos para o destino da carta, que era São Paulo, ela não soube calcular. Antes disso, porém, cuidou de anotar os nomes e os endereços do remetente e do destinatário em um caderno próprio que trazia consigo na bolsa. Nada mais além de um "por favor" ou "obrigado" saiu da boca do polonês nesta ocasião, mas Lenira, sem perguntar a ninguém, nem mesmo ao forasteiro, deu o primeiro passo em direção à sua conquista, saber o seu nome: Hector Kotscho. Ainda não sabia, porém, qual seria o próximo passo que daria para atrair o jovem polonês. Pensou em ir direto à casa do motorneiro onde Hector estava hospedado, com a desculpa de levar alguma correspondência, mas a casa do motorneiro ficava um pouco afastada, e não poderia se afastar da sede por tanto tempo. Provocar um encontro que parecesse casual, perto das minas onde Hector trabalhava, também não era nada plausível de acontecer, ou seja, eles não transitavam pelos mesmos lugares em Quebradas, muito menos ainda ela poderia rondar sozinha pelas cercanias da cidade sem ter nada para fazer nem pelas minas, nem pela casa do motorneiro; não teria cabimento, seria até mesmo descabido para a maior parte das pessoas da cidade. O tempo foi passando e Lenira, que não gostava de festas, esperou ansiosamente pelos festejos juninos. Naquele ano em particular, ela tinha um bom motivo para comparecer às festas, por ser uma ocasião em que as pessoas se reuniam na praça para homenagear Santo Antônio, São João e São Pedro. Existia a possibilidade de, quem sabe, ela e Hector Kotscho se encontrarem. Para surpresa de sua madrasta, que a observava de longe, tratou ela mesma, Lenira, de, com o seu próprio dinheiro e de próprio punho, comprar primeiramente o tecido para depois costurá-lo na máquina que havia sido de sua mãe, uma roupa junina, um vestido florido de chita com muitos babados, próprio para as festas de junho. E o tempo quase não corria... Nos fins de semana Lenira costurava ponto por ponto o vestido que usaria nas festas de junho, enquanto durante a semana ficava plantada no trabalho, acordada com todos os olhos, um dia após o outro, até que enfim chegaram os tão esperados dias. Os dias de junho coincidiam com a época das chuvas e com a safra do milho, bem maior naquele ano, uma safra como jamais se vira em anos anteriores, o que tornou o mês ainda mais animado. A preferida de todos era a festa de São João, embora as moças casadoiras suspirassem desde o dia treze de junho, rogando a Santo Antônio por um marido. Lenira, aproveitando a ocasião, achou por bem conversar com uma amiga que sabia sobre adivinhações. Queria saber se iriam casar, com quem iriam se casar e quando se casariam. Fizeram as perguntas certas, pois o santo respondia exatamente ao que se perguntava. As duas amigas pegaram cada qual, secretamente, uma folha de papel, onde pingaram uma única gota de tinta de caneta a bico de pena, bem no centro de cada papel; feito isto, dobraram quatro vezes cada folha, abrindo-as após contarem até cem. No papel de Lenira se formou uma figura em forma de avião, que ela interpretou como um excelente prenúncio, de viagem para lugares distantes, e por aí parou a interpretação, pois o resto ela já sabia! Lenira era cautelosa, mas nem tanto. Até então só vira aviões em revistas e filmes sobre guerra.

No dia vinte e quatro do mês de junho, os moradores acendiam fogueiras em frente às suas casas, assavam milho, soltavam fogos de artifício e balões e conversavam animadamente, em um processo de assimilação dos antigos cultos pagãos europeus e africanos aos deuses da natureza, das plantações, das colheitas, e pelo nascimento de São João Batista, anunciado à virgem Maria por sua prima Isabel, ao acender uma fogueira – era São João! Em verdade quase ninguém, exceto o padre José Matias e as mulheres que frequentavam as missas aos sábados, sabiam que João Batista era primo de Jesus e o batizou nas águas do rio Jordão; os demais moradores repetiam o que as gerações anteriores contavam, e as pessoas contavam aos filhos e netos sobre as safras do milho, sobre as fogueiras, sobre os balões, sobre as quadrilhas, contavam da alegria dos moradores, dos casamentos e no meio de tudo seguia a história de São João Batista, quase como um boato, de geração em geração. Vinha gente das cidades e povoados vizinhos, quase todos jovens, a pé ou a cavalo. Bem no meio da praça acendiam uma enorme fogueira rodeada de barracas onde vendia-se canjica, pamonha e milho verde. Os moradores e visitantes organizavam por ali mesmo brincadeiras de pau no sebo e cabra cega. A prefeitura colocava um alto-falante ligado à rádio difusora de Quebradas, por onde tocavam músicas alegres, sucessos da época e forrós.

A quadrilha, animada pelo som das sanfonas, era a atração principal. Todos esses sons, os cheiros dos fogos de artifício, comidas de milho, deixavam a todos alvoroçados, alegres e esperançosos. A maior parte dos rapazes, porém, ficava de braços cruzados ou com as mãos nos bolsos, olhando para as moças e bebendo cachaça. Hector foi dar uma espiada na festa tão comentada pelos colegas da mina. Depois de dar umas voltas na praça, reconheceu Lenira, a moça que trabalhava na sede dos Correios e Telégrafos; dela aproximou-se, com um português carregado de sotaque, convidando-a para dançar. Os sons das sanfonas se espalharam ainda mais longe por dentro da noite fresca e estrelada. Os meio-irmãos de Lenira, ao verem o polonês, aproximaram-se, mas Hector foi mais rápido e levou Lenira para o centro da praça, no meio da quadrilha. Sem saber bem como proceder, Lenira foi soltando os quadris e mexendo a cintura sem largar a mão do belo forasteiro, ensinando-o a sequência dos passos daquela dança que, assim como ele, também estava aprendendo a dançar. *En avant, tous! En arrière! Balancé! Olha a chuva! Uuuh!*, gritavam alegres os participantes da quadrilha. Lenira sentia-se vibrar. Tudo dançava em torno dela, a sua dança, a dança de Hector, a dança do vento mexendo a fogueira; vibrava com as bandeirinhas dançando e, vez por outra, olhava para os olhos azuis de Hector, que também dançavam, e sorria toda por dentro. Não era de demonstrar muito os sentimentos, para não atrair inveja, mas não passou despercebida como gostaria, foi um dos assuntos mais comentados durante aquele final de junho na cidade de Quebradas.

O jovem polonês passou a ir com mais frequência aos Correios, o que fez Lenira pensar ser aquilo um pretexto para revê-la depois daquela noite maravilhosa de São João, tornando-se urgente uma atitude de sua parte: precisava fazer alguma coisa para cativar, ainda mais, a atenção do jovem forasteiro. Passou a arrumar-se, perfumar-se, imitando sua madrasta, aguardando uma iniciativa de Hector Kotscho e sentindo-se feliz de, na sua família, só ela saber de seu nome completo e verdadeiro. Velava e esperava por algum destino, um fato, um acontecimento que não sabia o que era; talvez um convite para ir ao cinema, para dar um passeio na praça, um pedido de namoro, mas Hector só lhe dava bom dia, obrigado e um leve sorriso. Enquanto se processavam essas mudanças de comportamento em Lenira, sua madrasta comentava-as com o seu pai, que não deu muita importância por achar que, quando chegasse a hora certa, a filha se casaria. Arrematou definitivamente o assunto comentando que sua primeira esposa adoraria vê-la casada, o que foi suficiente para deter a sanha da sua esposa atual. Hector prosseguia postando cartas, sem, no entanto, se aproximar nem um milímetro a mais de Lenira. Já fazia mais de uma semana que Hector não aparecia na sede dos Correios. Não demorou muito, ela recebeu a notícia, através de um dos seus meio-irmãos, de que o forasteiro tinha ido embora sem dizer para onde, no trem que partira naquela manhã para o porto de Santos. Ficou momentaneamente sem chão, mas se esforçou para não deixar transparecer o golpe que havia recebido. Era como se tudo aquilo que tinha vivenciado nos últimos meses não passasse de imaginação sua, de um castelo de cartas que se desmanchou com um leve sopro; mas logo após um pensamento triste, lembrava-se do último São João e a esperança reacendia, como o inseto verde que, vez por outra, pousa sobre a mobília. Lenira sabia também que as linhas do trem se ramificavam Brasil adentro e que Hector, com seu jeito vadio, poderia parar em estações diversas deste imenso país e nem chegar a Santos, o ponto final da linha férrea, perdendo-se dela de vez.

Retorno minha narrativa ao mês de agosto de 2019, quando fui avisado pelo filho de Doralice, via telegrama – o meio mais seguro de comunicação entre os habitantes das cidades e povoados da Amazônia com o resto do país –, que sua mãe havia sentido, pela segunda vez, uma imensa dor no peito, uma angina, e estava pedindo minha presença em Capital. Corri direto de Xapuri a Rio Branco numa motocicleta que faz ponto perto da minha casa para pegar o avião que me trouxe pela primeira vez aqui, a Capital, para saber do que se tratava. Com certeza tratava-se de alguma coisa muito séria, afinal a minha amiga nunca se comunicava comigo por telegrama, e algumas vezes nos comunicamos apenas por carta. Desta vez, o seu próprio filho me enviou o telegrama. Tendo chegado a Capital, os médicos me relataram sobre a bateria de exames e os procedimentos cirúrgicos já efetuados na minha amiga até descobrirem, mais recentemente, que havia um estreitamento congênito na parede da artéria aorta, não relacionado a presença de ateroma nas coronárias ou excesso de gordura no sangue. Em fevereiro passado, havia seis meses do primeiro infarto de Doralice. Este ocorreu em plena mesa de cirurgia, enquanto tentavam resolver um problema intestinal – para o qual foi necessário fazer uma laparotomia exploradora no abdômen –, quando seu intestino foi exposto, cortado, lavado, costurado e colocado de volta para dentro. Durante este procedimento minha amiga sentiu uma dor enorme, foi quando se deu o primeiro infarto. Com muita perícia e competência a equipe médica resolveu a situação: diagnosticaram um entupimento numa das artérias do coração, o que foi resolvido com cateterismo.

Neste agosto de 2019, passados quase seis meses desses complicados procedimentos cirúrgicos, Doralice voltou a sentir forte dor e retornou ao hospital, quando solicitou ao corpo médico a minha presença. Para o corpo médico, de posse dos resultados dos novos exames, o motivo da dor de Doralice não era mais um enigma, como o foi durante o primeiro infarto ocorrido concomitantemente à laparotomia exploratória. Dessa vez, detectaram um estreitamento congênito da aorta, e puderam então fazer um procedimento mais adequado, o que fez com que o cirurgião-chefe procedesse imediatamente a colocação de uma ponte de safena. Este terceiro procedimento cirúrgico, muito delicado, durou mais de doze horas; quando cheguei ao hospital, a cirurgia já havia terminado. Desde que cheguei tenho permanecido aqui, na unidade de terapia intensiva, esperando que minha amiga acorde mais uma vez, para que eu acompanhe os sintomas por ela apresentados em resposta à alta dose de Stramonium que eu venho lhe aplicando, é o que tenho feito desde então. Volto a abrir o caderno pousado sobre a cabeceira onde Doralice descansa, e paro na página onde está escrito:

Agosto de 2019. O conflito nos tira da zona de conforto, nos move, e acredito que só crescemos, só evoluímos quando saímos dessa zona, desse espaço confortável, quentinho, esse casulo, protegido, morno e aconchegante, mas, se eu ficar ali quietinha não vou a lugar nenhum, ficarei paralisada, estagnada e não irei experimentar mais nada, não irei ver ou sentir mais nada de novo, não existirão novos horizontes, novas paisagens, novas emoções, novos temores, dúvidas, incertezas, alegrias, prazeres, êxtases ou desafios. Estou com ímpetos de sair da minha zona de conforto. Como está difícil conter todos esses ímpetos profundos, que me acompanham e irrompem de dentro do meu ser de forma inteira, me lançando para fora, para cima, para longe em busca "disso" que não sei o que é!

Talvez eu entenda um pouco o que sente minha amiga Doralice... Talvez seja necessário eu contar aqui a história comum entre mim e minha amiga, muito antes desse encontro dramático aqui nesta unidade de terapia intensiva em Capital. Há muitos anos nós seguíamos para Xapuri, no Acre, para iniciarmos nossa vida profissional juntos, que tanto poderia ser no Himalaia, quanto nas Ilhas Fiji: nós estávamos juntos. Queríamos também estar longe das cidades grandes, e era isso o que importava! Sugeri que fôssemos para a Amazônia, para a floresta, com o que ela inicialmente concordou, afinal, estávamos juntos para o que desse e viesse. Decidimos então ir para Xapuri, que era uma cidade à beira da floresta e, ao mesmo tempo, próxima da cidade de Rio Branco, ou seja, oferecia certa segurança em caso de alguma urgência médica, alguma necessidade de um eventual paciente.

Na hora de o avião partir, inesperadamente, ela desistiu, não antes de misteriosamente me explicar que havia pensado muito, muitíssimo, sobre o passo que estávamos dando e suas implicações, que a fizeram concluir que o seu desejo real e verdadeiro era ter uma vida estável, filhos... A princípio não aceitei, dizendo-lhe que poderíamos, mais tarde, ter filhos na Amazônia, mas não consegui convencê-la de que, vivendo na floresta, poderíamos ter uma vida estável. Pela primeira vez na vida as palavras sobraram, de tantas que falei, falei, falei como sempre acontecia quando estava com Doralice. Mas desta vez não nos entendíamos, na verdade não queríamos nos entender. Estávamos travando a luta mais vã com as palavras, esgotando-as, penetrando em um lago seco de saciar nenhuma sede, de molhar nenhuma língua, de dizer nome nenhum. Um nó tomando a garganta, os braços, o peito, e nenhuma palavra a mais. Nos separamos no aeroporto de Curitiba em silêncio com os olhos marejados, ela colocou um anel em meu dedo anular direito e eu coloquei um anel em seu dedo anular esquerdo. Voltou para Capital e eu segui, com um oco no peito, para o meio da floresta amazônica, onde estou até hoje. Eu e Doralice partilhávamos dos mesmos objetivos profissionais, da mesma visão de mundo e de um grandioso afeto. Sei que foi uma decisão difícil para ela. Se alguém me perguntar, hoje, se eu ter seguido em frente e pegado aquele avião para Rio Branco foi a decisão correta, eu diria que sim. Quanto a ela, não sei, e talvez nunca venha a saber, ou talvez *isso* que ela tanto busca, neste escrito que acabo de ler, tenha relação com um grande desejo interrompido, que não se realizou. Grandes afetos, quando têm seu fluxo estancado, interrompido, podem causar danos físicos que se expressarão em algum momento da vida. Talvez isso, que Doralice tanto almeja e que não está claro neste escrito, seja complementar àquele antigo e verdadeiro projeto de vida, o projeto de uma vida em comum com a pessoa que a amava e com a qual tinha a maior afinidade, projeto tão ansiado que ficou suspenso no tempo, que foi abruptamente desviado de seu rumo.

Quanto a mim, com o passar do tempo o oco do meu peito foi sendo preenchido pelo trabalho. Meus conhecimentos da medicina homeopática me levaram a experimentar a natureza e suas ervas, a energia das plantas, a energia vital. Me despi de todo "conhecimento" que havia adquirido na Faculdade de Medicina da Universidade Federal do Rio de Janeiro, o modus vivendi da cidade grande, e fui tratar do meu grande vazio existencial cuidando e convivendo com os pequenos e grandes males dos indígenas e dos ribeirinhos, que não contam com água encanada nem saneamento, mas ainda contam com a água dos rios, os animais e a imensa floresta. Além dos cuidados médicos aos ribeirinhos, ocupo meu tempo mantendo comigo uma pequena farmácia homeopática de manipulação para pesquisa. Diria também que, quanto a mim, tenho dinamizado e experimentado as tinturas-mães de novas substâncias em pequenas doses, nos pacientes e em mim mesmo, e observado as reações, e assim venho acumulando muita informação sobre a farmacologia homeopática. Vivo a intimidade da floresta e estou convicto que a usura capitalista é o grande inimigo da humanidade. Voltando a Doralice, as dores nascidas de projetos afetivos desfeitos, de fluxos de afetos interrompidos, talvez tenha se expressado em seu físico, em forma de angina, e das suas dificuldades respiratórias que a acompanharam desde criança.

Em certo momento, paro de relembrar, refaço o curso do meu pensamento, desde a chegada a Xapuri, de onde parti, até me situar junto a Doralice, na unidade de terapia intensiva do Hospital das Clínicas de Capital. Tomo um pouco de água, volto algumas páginas do caderno da minha amiga que dorme e continuo a leitura.

Fevereiro de 2019. Tarde findando, eu estudando homeopatia, lendo o livro de Sankaran, há um mês do meu infarto, eu ainda cheia de medos e fantasmas a me rodearem, uma respiração curta, um olho embaçado, um ouvido cheio, como se estivesse entupido, a sensação de não estar ouvindo bem. São sensações novas, a me rodearem como fantasmas brancos, lençóis flutuantes de óculos, pululando ao meu redor, e eu não reconheço os seus significados, as suas identidades. Quando tive a primeira angina e fui para o spa da alma, Leopoldo quase morre de tanto me atacar e ficou com raiva de mim depois do cateterismo. Por que eu tenho que ser tão trágica?, me perguntou. Por que eu tenho que ser tão intensa nas minhas patologias, tão aguda?, me perguntou. PORQUE EU ESTOU GRITANDO POR SOCORRO!

Dou uma olhada rápida nas datas dos escritos, passo por várias páginas, retornando novamente a leitura para o mês de agosto, o mês do segundo infarto, o mês que retornamos a conviver, embora em uma situação nada agradável, de muita gravidade e instabilidade. Assim escreveu minha amiga:

Agosto de 2019. Um anjo veio aqui e me disse: Escreva! Escreva tudo, mesmo que não faça o menor sentido, coloque para fora. Outro anjo disse: Tudo seu, sua energia está presa no chakra da garganta, fale! Coloque tudo para fora! Escrevo então para o meu amado coração:

Eu sei que eu nunca te disse isso, mas agora, nesse momento crucial da minha vida, nessa esquina onde tenho de virar, em uma outra direção, preciso te confessar algumas coisas, de foro íntimo: eu te amo, meu coração. Na verdade, nunca te admirei, nunca te valorizei, sempre achei você até um pouquinho burro, desculpe! Uma coisa tão simples e ao mesmo tempo tão complexa. Meu coração! Situado no centro do meu peito, primeiro órgão a se formar, batendo desde os primórdios de minha existência terrena! Alvo de tantas emoções, de tanto medo, de tantas e tantas raivas, desfalecimentos, desafios. Meu coração perfeito! Sem nenhum problema! Recebi você novinho, inteiro, cheio de possibilidades e aventuras para vivermos juntos de verdade, como dois bons companheiros. Vejo agora que você sempre esteve aí só cumprindo a obrigação de ser um bom coração, de bater enlouquecidamente para me manter viva, desde que eu nasci, e não fez mais do que sua obrigação. Vejo agora, depois dos meus sessenta anos, que eu não te tratei bem, não te dei a devida atenção, não te poupei de tantos conflitos, emoções, desesperos; fiquei observando como te parti diversas vezes, sem um pingo de compaixão! Me perdoe, meu coração!

Não foi à toa que Doralice demandou os meus cuidados homeopáticos e a escrita da sua biografia. Minha amiga Doralice sabe que eu sei que ela não tratou muito bem dos seus mais íntimos sentimentos em alguns momentos da vida. Digo isso pela sua história com o pai, e diria, com um tanto de mágoa, por sua história comigo, pelo nosso plano desfeito de vivermos juntos na Amazônia, quando, em um momento muito decisivo de nossas vidas, o seu coração batia com a obstinação de um relógio marcando as horas, e as horas eram como delicadas ninfas, indiferentes ao sossego e ao infortúnio. Eram precisas e minuciosas, prosseguiam sem indagação. E eu não mais indaguei nada a Doralice. Eu sabia que minha amiga me amava como eu a amava também, quando nos despedimos no aeroporto em Curitiba; no entanto, ela voltou para Capital. A diferença entre nós, na época, talvez fosse o foco que dávamos aos nossos desejos, talvez o meu foco fosse de uma lente grande angular, enquanto a lente dela era mais próxima do objeto desejado, era uma lente objetiva, mais nítida. Desde então, compreendi que Doralice é uma mulher meiga e forte que sabe muito bem o que quer.

Lenira sentiu-se só, em um mundo que não mais conhecia limites, de tão vasto. Seu ser rogava por outros limites, para ela e para o mundo, os quais já vinham se delineando em torno dela. Sentia uma grande curiosidade pela vida, que apontava para as novas possibilidades que surgiram ao conhecer Hector Kotscho. Não via a extensão do seu desejo, mas pressentia que sua vida estava se tornando muito mais colorida. Queria seguir por esse mundo, como fez Hector ao chegar em Quebradas, de estação em estação, como assim lhe falou o motorneiro, mas não podia seguir de trem, como fez o seu amado Hector. Estava se questionando e questionando a situação das mulheres que conhecia, as quais observava desde menina, e sabia serem a elas proibidas ou censuradas certas atitudes. Mas ela não estava presa à cidade de Quebradas, e estava se tornando claro que precisava tomar uma atitude. Vinha servindo de chacota para os meio-irmãos, que perguntavam com desdém para onde fora o forasteiro, mas não se importava, conseguia apenas olhar para o endereço do amigo de Hector, em São Paulo, para onde foi toda a sua correspondência. Certamente ele teria ido encontrar com o amigo, com quem mantinha frequente correspondência! Dava-lhe frisson o fato de só ela saber onde poderia encontrar Hector, era como uma senha que possuía para entrar em um mundo novo e diferente, e ninguém mais podia, ninguém mais tinha, só ela! Pensou no que fazer com aquilo, pensou, pensou bastante até que lhe veio a ideia. Sem dizer nada a ninguém, encaminhou à sede central dos Correios e Telégrafos em São Paulo um pedido de transferência para aquela cidade. Sem pedir ajuda a ninguém consultou o manual de requerimentos da própria sede central dos Correios, cujo exemplar havia em Quebradas, e redigiu um documento sucinto em papel timbrado, seguindo os modelos do manual, usando a máquina de datilografia dos próprios Correios, o que mostrava a seriedade do documento. Nunca pensou que tivesse esta capacidade.

No documento argumentava que sua família havia se mudado para São Paulo, o que não era totalmente inverdade, pois tinha uma parente próxima que lá morava e poderia recebê-la. Selada a carta, acompanhou a saída do malote que a transportaria no trem, certificando-se de que tudo estava caminhando de acordo com o costume, sem problemas. Ficou apreensiva com a possibilidade de o seu chefe solicitar um parecer da sua família, ou algo parecido, antes de liberá-la, portanto tratou logo de fazer contato com a prima Lalá. Procurou o endereço por entre os papéis guardados em uma das gavetas da cômoda do quarto do seu pai, onde mantinham desorganizadamente os documentos da família, e achou o endereço da prima, que, ao receber as notícias de Lenira, mostrou-se contente em recebê-la, caso ela fosse trabalhar em São Paulo. Isto a deixou com uma certa tranquilidade enquanto aguardava uma resposta ao pedido feito à sede central dos Correios e Telégrafos. A resposta de Lalá chegou em primeira mão para ela, na sede dos Correios, e ela mesma tomou a iniciativa de levá-la para o seu endereço, sem que sua madrasta ou seus irmãos ficassem sabendo. A inquietação quase tomou conta de si, mas a curiosidade por uma vida diferente a manteve de pé. Passados dez meses do envio do pedido de transferência, chega uma correspondência de São Paulo para o gerente da sede onde trabalhava: uma solicitação da agência central dos Correios para ceder a funcionária Lenira da Silva para a agência da Rua Augusta, São Paulo; em troca, seria aberta uma vaga para a sede dos Correios de Quebradas. O gerente concordou de imediato, o que deixou Lenira feliz e ao mesmo tempo apavorada, posto que até então o que era só planejamento, sonho, tornara-se quase realidade. Sentiu-se à beira do precipício. Estaria dando um passo maior do que a perna? Quando fraquejava, logo lembrava-se da festa de São João, o que a colocava novamente nos trilhos. Dominados quase todos os medos e anseios, mostrou o pedido ao pai como sendo uma iniciativa dos próprios Correios, que estavam realocando funcionários; ela não poderia recusar, e logo em seguida pediu permissão para ir para a casa da prima Lalá. O pai, sem entender direito a situação e sem querer negar um pedido à filha, única filha do seu primeiro casamento, demonstrou toda sua preocupação com a viagem longa para uma cidade grande, a filha sozinha, mas terminou por concordar, por conhecer bem a prima Lalá, filha de sua irmã predileta.

Como em Quebradas não havia ônibus para São Paulo, Lenira iria inicialmente para Capital, de onde partiria para São Paulo. Havia um serviço de compra de passagens para vários estados do Brasil na empresa que fazia o trajeto Quebradas-Capital; dessa maneira, em pouco mais de doze meses desde a sua decisão de ir para São Paulo, conseguiu sair de Quebradas sem levantar a menor suspeita de seus objetivos, pelo menos para seu pai. Sua madrasta não estava engolindo muito fácil a história. Na cabeça dos meio-irmãos e na língua da vizinhança, que a viu dançando animadamente com o forasteiro no último São João, havia muitas especulações sobre o motivo da sua viagem, mas por não haver nada de palpável que indicasse que ela e o forasteiro se encontrariam, pois que ninguém sabia direito de onde ele era, ou para onde ele teria ido, perderam-se com o passar do tempo as especulações, e só restou uma lembrança que não rendia nenhuma conversa.

Há um ano e meio morando em São Paulo, Hector Kotscho já falava um português razoável e estava empregado em uma corretora de imóveis em uma cidade que só fazia crescer. Tinha facilidade de comunicação e empatia com as pessoas, o que o ajudou a ser logo, logo, promovido a gerente de vendas. Diferentemente de Quebradas, a vida em São Paulo, dinâmica e corrida, demandava muita atenção e agilidade de pensamento, qualidades que foi reconhecendo como lhes sendo próprias e de grande valia. Gostava de desafios, talvez por isso mesmo tenha emigrado da Polônia para um país quase que totalmente desconhecido. Viver em São Paulo era desafiador.

Desde que havia chegado ao Brasil, pela primeira vez sentia-se no lugar certo, onde poderia fazer fortuna. O fato de ser um homem bonito o ajudou muito, e o ajudou também seu amigo Paranhos, a quem havia conhecido no trem, quando estava passando por Salvador – durante a viagem pelo Nordeste –, depois de ter deixado o porto de Santos. Paranhos, um simpático corretor de imóveis do estado da Bahia, entre tentativas fracassadas de comunicação em inglês resolveu a questão dando a ele o seu endereço em São Paulo escrito em um pedaço de papel, o qual Hector guardou no bolso da camisa. Hector, na ocasião, não deu muita importância, pois estava querendo ver até onde chegaria, caso continuasse seguindo para o Nordeste. Em Quebradas, ao ver o trabalho pesado da mina, logo, logo se lembrou do papel e procurou por este no bolso da camisa, achando-o amassadinho, porém com as letras bem visíveis. O amigo Paranhos lhe oferecera o apartamento em São Paulo, caso precisasse. Morava em Salvador e tinha esse apartamento para quando ia esporadicamente para aquela metrópole. Em uma de suas idas a São Paulo, Paranhos encontrou várias correspondências acumuladas, as quais foram enviadas por Hector, perguntando se poderia se hospedar no seu apartamento em São Paulo, e teve a iniciativa de deixar a chave e o nome completo do amigo polonês com o porteiro, dizendo tratar-se de um grande amigo que estava para chegar. A mãe de Doralice, por sua vez, estava trabalhando na rua Augusta, na sede central dos Correios e Telégrafos, antes mesmo de completar um ano de sua decisão de seguir Hector Kotscho.

Mesmo com toda essa avalanche de acontecimentos em sua vida, trabalho novo, pessoas novas, em nenhum momento perdeu o prumo, não chegou nem a reparar direito no quão grande era a cidade de São Paulo, pois tinha um foco, um objetivo claro, encontrar Hector Kotscho. Já hospedada na casa da prima Lalá, Lenira percebeu que dela precisaria, também, como uma amiga e confidente, para levar a cabo os seus planos, e assim o fez. Lenira era pragmática e agia por interesse, o que talvez tenha sido um fator importante para a sua sobrevivência. As duas primas, agora amigas e confidentes, foram procurar por Hector no endereço de José Paranhos, seu correspondente, cujo nome Lenira havia cuidadosamente anotado tempos atrás quando ainda estava em Quebradas. O amigo de Hector morava em Moema, um bairro relativamente distante do centro, onde trabalhava. A prima Lalá foi com ela até o endereço de José Paranhos e a ficou esperando, sentada em um ponto de ônibus em frente ao edifício. Enfim chegou o momento tão e demasiadamente ansiado.

Lenira tocou a campainha com o coração apertado. E se Hector não morasse neste endereço? E se Hector nem estivesse em São Paulo? Eis que a porta se abre e aparece o jovem polonês de olhos azuis. As pernas grossas de Lenira tremiam, o que agradava bastante a Hector, que pela primeira vez olhou para ela da cabeça aos pés, e com um ar malicioso, meio divertido, a convidou para entrar e juntos tomarem um café. Lenira não era feia, mas também não era bonita. Olhava ao redor da sala, para a porta que dava na sala, esperando encontrar José Paranhos, mas não havia o menor sinal dele.

Passado o medo inicial de estar sozinha com um desconhecido em um apartamento em São Paulo, uma cidade totalmente estranha e desconhecida, o que era por si só aterrorizante, conseguiu articular algumas palavras. Contou que estava morando na casa de uma prima e trabalhando na sede dos Correios da Rua Augusta. Hector balançou a cabeça afirmativamente, entendendo a situação. Olhava para Lenira franzindo o cenho enquanto servia o café. "Ela veio de longe para ver-me... Obteve o endereço de José Paranhos quando postei as cartas, ela é esperta", pensava Hector, que tentava encaixar Lenira, sem conseguir, em uma formação tradicionalista na qual foi criado. Uma imagem que talvez não correspondesse à realidade, mas, a cada atitude que tomava, Lenira só reforçava e o convencia de ser uma mulher libertina. Lenira, sem imaginar o que lhe ia na cabeça, fez uma só pergunta:

- Onde você nasceu?

Hector sorriu e disse, com um forte sotaque:

- Polônia.

Novamente lhe veio o pensamento de que ela conseguiu rapidamente um trabalho em São Paulo. "Ela é esperta..."

No entanto, Hector Kotscho estava apenas acabando de chegar ao Brasil e era muito ambicioso, tinha muito o que viver antes de se comprometer com alguém. As pernas grossas de Lenira de certa maneira o perturbavam. Não foi difícil persuadi-la a viajarem juntos para o Rio de Janeiro, cidade conhecida por suas belezas naturais, afinal, trabalhava com corretagem de imóveis e daria um jeito daquela viagem sair barata ou mesmo de graça. Ambos sabiam o que queriam. A longo prazo, porém, havia uma grande divergência de propósitos, e Hector Kotscho não era o que se poderia chamar de um cavalheiro.

No fim de semana seguinte, Lenira e Hector conheceram o Rio de Janeiro como se estivessem em lua de mel. Se hospedaram em um hotel em Copacabana e experimentaram a intimidade um do outro. Lenira se sentia suspensa no tempo e no espaço, maravilhada com um mundo que nunca suspeitou conhecer, ainda mais acompanhada de um polonês muito bonito. Estava maravilhada com a sensação de aventura que a fazia equilibrar-se numa corda bamba prazerosa, cheia de perigos, e assim permaneceu até se dar conta que seu ventre crescia a cada dia. Às mulheres daquela época era proibido e censurável o prazer sexual, e o sexo só era permitido dentro do casamento, tanto em Quebradas quanto no interior da Polônia, de onde vinha Hector.

O que Lenira não sabia é que na terra de Hector as mulheres eram ainda mais reprimidas ou virtuosas, dependendo da classe social a que pertencessem e do ponto de vista. Tanto lá como aqui no Brasil, a virgindade era relacionada à pureza da alma. Se deu conta da enrascada em que havia se metido aos poucos. Começou a refletir que desde que conhecera Hector sua vida tinha dado um giro radical, e vinha fazendo coisas que jamais havia imaginado. Entretanto, o que mais a amedrontava era a falta de reciprocidade de sentimentos entre ela e Hector. Sua intuição de mulher não apontava para um interesse verdadeiro de Hector em relação a ela. Haveriam de decidir sobre aquela situação. Seu ventre crescia e Hector ficava cada vez mais distante.

Não conseguiu disfarçar a insegurança ao tentar convencê-lo a casar-se com ela, chegando mesmo a sugerir que ficassem morando ali, naquele apartamento em São Paulo. Hector demostrou todo o seu temperamento fleumático ao concordar em casar-se com Lenira, posto que ela estava grávida. Sim, casariam-se muito brevemente. Lenira não esperou por mais nada e conversou com a prima Lalá, que prepararia os papéis. Lalá trabalhava no 24º Ofício de Notas de São Paulo e deu entrada nos documentos de ambos para o casamento civil. Os papéis estavam prontos e o casamento, que estava confirmado para a semana seguinte, aconteceria no prédio do Fórum, no centro da cidade de São Paulo. Na semana seguinte, ao levá-la na porta do apartamento para se despedirem, como sempre faziam, Hector deu um beijo muito carinhoso em Lenira e desapareceu da sua vida sem deixar vestígios. Lenira mais uma vez ficou sem chão. Hector Kotscho tinha essa capacidade de tirá-la do chão para o bem e para o mal, para o bom e para o ruim. Retornou várias vezes ao apartamento de Paranhos, mas o lugar estava sempre fechado. Naquele apartamento do bairro de Moema, onde sentiu o gozo físico e a paixão arrebatadora, já não havia ninguém. Tentava informar-se com o porteiro, mas este de nada sabia, e voltava para a casa de Lalá desolada. Começou a achar São Paulo uma cidade hostil, a sentir-se oprimida; ali era uma baiana, como eram chamadas as nordestinas que vinham tentar a sorte na cidade grande. Quando Doralice nasceu, Hector Kotscho não estava por perto, sua família não estava por perto. Todo o apoio que Lenira recebeu veio de Lalá e da própria filha, a quem tinha como um trunfo no jogo da vida e a quem dedicaria toda sua energia e todos os seus anseios.

    Lenira continuava tendo um motivo para viver: tinha uma filha de Hector Kotscho, e uma filha era algo muito concreto deixado por ele para ela, que era uma mulher forte. Permaneceu pouco tempo em São Paulo, sempre na casa de Lalá, que a apoiou durante todo o período em que lá esteve, na ocasião do parto, e que no futuro viria a ter uma importância fundamental em sua vida e na vida de Doralice. Ficou tempo suficiente para que a filha nascesse e desse os primeiros passinhos. Com muita sorte, conseguiu a transferência de volta para o Nordeste, só que dessa vez para Capital, onde alugou uma casa de três cômodos. Nunca mais voltaria a Quebradas.

    O tempo passa rápido e foi passando, Doralice foi se tornando uma menina loirinha, muito bem-educada, que estudava no educandário São Luís, no centro da cidade, um bairro de Capital onde morava a classe média. Crescendo e carregando a herança de uma estirpe confusa de explicar, se apresentava para as outras crianças orgulhosamente como paulistana, filha de um polonês, como sendo estas as melhores referências, as melhores características que uma menina poderia apresentar, a melhor promessa, o melhor futuro frente às outras crianças do bairro, cujos moradores, com raras exceções, almejavam a riqueza. A ausência do pai e a maledicência da vizinhança, entretanto, fizeram com que Lenira estivesse sempre dando satisfações de que era casada, de papel passado, com o pai de Doralice e se separaram, referindo-se a uma certidão de casamento com Hector Kotscho que ninguém nunca viu, assim como ninguém nunca viu o próprio Hector Kotscho.

À Doralice contava poucas passagens da sua mais tenra infância na casa de Lalá, em São Paulo – uma ou outra passagem, apenas isto. Depois destes fortes acontecimentos em sua vida, Lenira resignou-se, passando a viver do trabalho e da igreja presbiteriana a qual frequentava, tornando-se uma ostra, um cofre fechado. Mas o tempo passou rápido, desrespeitando as dores e os sonhos que Lenira ainda acalentava de encontrar um novo companheiro.

Já se haviam completado dezoito longos anos de uma vida meticulosamente industriosa em Capital, dedicada ao trabalho nos Correios e Telégrafos e à criação de Doralice, com muito amor e zelo, quando teve lugar em suas vidas um grande acontecimento. Misteriosamente, soube-se do paradeiro de Hector Kotscho, o marido de Lenira, o pai de Doralice, o polonês. Ele continuava em São Paulo, estava riquíssimo, morando em uma mansão no Morumbi, casado com uma mulher muito bem situada na sociedade paulistana. Em seu cartão de apresentação, constavam o nome completo, endereço e telefones do trabalho e residencial. Foi enviado por Lalá, que prestou mais este enorme favor à prima, e chegou as mãos de Lenira como uma bomba. O que fazer com isso?, perguntavam-se mãe e filha. Lenira sempre soube que a filha era um trunfo que tinha na vida, então agora era a hora de dar uma cartada – mas que cartada? Dizia que o mundo dava voltas, achando injusto o fato de Hector não ter contribuído com um tostão sequer na criação e educação da filha, que também era dele! Era chegada a hora dele também assumir a sua parte. Dizia isto com uma pitada de ciúmes e receio de perder a filha para o pai, afinal pareciam-se muito, e o pai era um homem bonito e rico, poderia fazer-lhe todos os desejos. Questiono-me sobre a real necessidade de contar tudo isso aqui, mas minha amiga designou-me como fiel depositário de sua história, por isso sigo com a narrativa.

O que fazer com aquele cartão?, perguntava-se Doralice, que se sentia fortalecida com a descoberta do paradeiro de Hector. Ligar para o pai dela, ela? A mãe? Quem? Todos os seus sonhos, tanta fantasia, poderiam se tornar realidade como num passe de mágica! Doralice, como toda criança, queria mais do que tudo ter um pai, uma mãe, ter uma família adequada, como os outros coleguinhas do colégio e vizinhos, queria ser como todo mundo. Mas, ao mesmo tempo, sabia que era diferente, por ter um pai polonês, e sonhava não passar por perrengues financeiros... Ter um bom carro, uma boa casa, viajar muito. Doralice também era ambiciosa, e espelhou-se nas classes abastadas da Europa, de onde vinha seu pai.

Lenira preferiu esperar uma ocasião mais apropriada para apresentar a filha a Hector Kotscho. Por ora, dariam apenas o endereço de onde elas estavam.

Cautelosamente, Lenira foi tomando consciência da situação e percebeu que sua vida estava sendo colocada em xeque. Doralice não dependia mais dela. Foi, então, enxergando o que nunca quis enxergar: não havia assunto para conversarem, ela e Hector; não havia a menor sombra de intimidade entre os dois, o menor interesse de Hector em sua pessoa; e não adiantava nada se iludir, pois agora havia uma filha adulta como testemunha de suas versões, uma filha criada com todo o cuidado, como uma rainha. Contou o que estava se passando para sua amiga e confidente Marly, casada com o doutor Hiram Fernandes, médico renomado, professor da cátedra de Anatomia da Universidade Federal de Capital e que acompanhava, desde sempre, através da esposa, toda a lida de Lenira para criar e educar a filha contra todas as adversidades próprias da vida.

Não totalmente por acaso, esses últimos acontecimentos na vida de Lenira e de Doralice coincidiram com uma viagem de férias do doutor Hiram juntamente com sua família à capital paulista. Doutor Hiram achou oportuno conhecer pessoalmente Hector Kotscho, e ofereceu-se para entrarem em contato com ele como uma forma de apoio, de amizade e carinho que nutriam por Doralice. Posto que Doralice também era amiga da sua filha, Doralice era como uma filha para o doutor Hiram. E assim fizeram, ele e a esposa Marly; almoçaram juntos no centro da cidade de São Paulo e conversaram bastante, em um restaurante de luxo. Depois desse primeiro contato, Hector passou a contribuir com a mensalidade do colégio de Doralice, mas não permitiu maiores aproximações: ele escondia Lenira e Doralice de sua atual mulher paulistana. Subitamente, sem avisar, chegou a Capital para conhecer a filha.

Foi um choque para Doralice lidar com a crua realidade de aquele homem quase desconhecido se tornar subitamente seu pai, ali na sua frente, sem avisar. Estranhamente, ambos constatavam em suas aparências o laço de parentesco. Doralice era idêntica a Hector. A única imagem que possuía de Hector, até então, era uma fotografia três por quatro, dele ainda jovem. Com esta única imagem idealizou um mundo de contos de fadas, durante os 18 anos de sua existência, para o dia em que viesse a encontrá-lo. Era uma possibilidade remotíssima, mas muito naturalmente fazia parte dos seus desejos e sonhos, e no mundo dos sonhos tudo é possível. As trocas não se realizaram, e nem poderiam se realizar de uma hora para outra. Doralice não estava preparada para este encontro da forma como ele ocorreu, não tinha sapatinho de vidro para o príncipe da sua mãe. Tentava se adaptar ao novo pai, que não a tratava com um afeto verdadeiro e merecido, nem com uma real consideração. O que mais chocou Doralice, entretanto, foi o contexto no qual Hector as colocou na sua vida. De um pai quase mítico, envolvendo trocas afetivas idealizadas que absolutamente não se realizaram, restou um jovem senhor que não queria maiores aproximações com a filha, que não queria assumir publicamente a paternidade por estar casado com outra mulher, que não sua mãe. E foi também uma decepção a indiferença de Hector para com Lenira. Lá no fundo de si, Doralice queria que sua mãe, tão pragmática, tão meticulosa, tão medida, fosse amada por Hector Kotscho sem medidas, como ela merecia. Com a mesma intensidade com a qual ela se doou e se dedicou a Doralice. Como disse, Doralice parecia-se muitíssimo com o pai, e da mãe herdou poucos traços físicos; talvez por isto tenha ficado chocada triplamente quando Hector afirmou que, até o momento daquele encontro, tinha dúvidas se a filha – a qual Lenira disse esperar um dia, quando ele partiu há dezoito anos, e que ele não sabia se era um menino ou se era uma menina – era mesmo filha dele.

Doralice passou a conviver com uma grande interrogação: quem era Lenira? Que razões teria o seu pai para duvidar de sua palavra? Não ousou perguntar-se. Percebeu que Hector estava tentando se safar da sua falta de responsabilidade para com a vida, da paternidade não assumida, ao jogar Doralice contra Lenira. Enquanto Doralice fazia ingênuas fantasias de afeto, Hector Kotscho estava tentando enfraquecer a relação dela com sua mãe, jogando pesado com as duas. De repente foi como se eles, ela ao lado de seu pai, estivessem numa roleta russa, brincando com um assunto demasiado sério, só que ela não era de brincar com assuntos sérios. Não era de jogar roleta russa. A partir daí, preferiu ignorar a existência de Hector Kotscho.

Lenira não chegou a saber desta dúvida confessada por Hector, mas respeitou a opção da filha por não procurar mais contato com o pai. Sabia, por sua vez, que tinha feito a sua parte como mãe, estava tranquila, apesar da decepção com essa visita inesperada, desconfiada, desrespeitosa. Todas as expectativas criadas em torno da sua rainha, sua filha, foram atingidas com louvor. Doralice cresceu uma menina estudiosa, passou no vestibular para medicina, o futuro lhe sorria. Tornou-se uma mulher bonita, talhada para o exercício da medicina homeopática e pediátrica, escolha influenciada fortemente pelo doutor Hiram. Seguiu a vida como se o pai verdadeiro não existisse. Concluiu o curso na Universidade Federal, com muito esforço, e, juntamente com algumas colegas, optou por cursar a pós-graduação em medicina homeopática com um renomado professor da Escola Homeopática de Medicina, em Curitiba, para onde se transferiu. Foi quando nos conhecemos.

Por esta época, mesmo sendo um rapaz, um médico recém-formado, eu ainda era o pobre anjo, um menino traído pelas palavras. Eu vinha do Rio de Janeiro, ela vinha de Capital e havia outros médicos de várias regiões do Brasil. Era início dos anos 1980, e houve entre nós um encontro de almas, de muitas trocas, muitas vivências amorosas, muitas conversas e descobertas. Ao final do curso, procurando por caminhos para a vida adulta, decidimos ir juntos para Xapuri... Neste momento da narrativa meus pensamentos se volatilizam.... Dou um longo suspiro, volto ao caderno de bordas douradas da minha amiga preciosa. Parece até que escolhi a página, tão afim é o seu conteúdo com o que acabo de escrever.

Agosto de 2019. Minha alma, me ajude! Se espalhe, se expanda, me fale dos seus mais profundos desejos, quero que você seja em mim, eu sou você. Fale comigo por caridade, foi você que salvou o meu coração, não me deixe, eu sou você, você é minha, eterna e individual nessa imensidão do universo, por favor fale comigo, quero te ouvir, sinto que você precisa de espaço, precisa se expandir, ser, voar. Me fale, eu te escuto, por favor me fale, oh minha alma!

Paro a leitura neste trecho dos escritos, de tão pungente ele é. Sinto como se minha amiga Doralice estivesse clamando também por Lenira, sua mãe, tão fechada em seus afetos, para que falasse com ela, para que lhe dissesse alguma coisa, um sentimento, uma decepção, um prazer, um desejo, mas Lenira nunca lhe disse nada de si mesma, negou-se a dar a sua afeição enquanto viveu – ou, melhor dizendo, concentrou toda a sua afeição na lida de cuidar de Doralice, que estava clamando por ela, sua mãe, o que é dramático, ainda mais agora, que ela faleceu, ou, quem sabe, já havia falecido por dentro quando foi abandonada por Hector na cidade de São Paulo, há muitos anos. Deixo o caderno sobre a mesinha e me aproximo de Doralice. O tubo que a está suprindo com oxigênio faz um barulho de sucção desritmado, embora menos caótico. Ponho a mão direita sobre sua testa e ficamos um longo tempo trocando energia e afeto.

Depois de me deixar no aeroporto e voltar para Capital, onde iniciaria enfim sua vida profissional, Doralice começou a trabalhar, pôr em prática nove anos de estudos médicos, inicialmente dentro da escola alopática e finalmente na Escola Homeopática de Medicina. Junto com nossas colegas do curso de Curitiba, fundou a primeira clínica de homeopatia da cidade. Além de serem pioneiras, estavam fazendo um bom trabalho, merecidamente reconhecido pela população. Agora ganhava seu próprio dinheiro, e mais do que nunca se sentia formada e independente. Lenira vibrava, ao seu modo, com o sucesso profissional da filha, comentando com todos a quem conhecia sobre a nova clínica homeopática da cidade, divulgando o trabalho da filha, e solicitando a toda hora que Doralice a levasse de carro para os lugares, pois um carro próprio naquela época era uma afirmação de prosperidade... Doralice fazia-lhe todos os desejos. As duas afirmavam-se perante a vida, perante a sociedade de Capital, independentes do apoio de Hector Kotscho – um desfecho inesperado para o ambicioso e inescrupuloso polonês de olhos azuis que já estava com todas as baterias apontadas para atirar na direção de Lenira e, consequentemente, de Doralice, que rebateu o tiro à altura, antes mesmo do seu desfecho.

Talvez com a curiosidade de médico homeopata, retorno para a leitura dos escritos do mês de abril de 2019, após a laparotomia e do cateterismo efetuados durante seu primeiro infarto.

"Está irresistível a minha vontade de escrever. Hoje ouvi as minhas músicas favoritas no Spotify e dancei enquanto cozinhava. Agora sinto umas pontadas no peito, no coração. Acho que é a minha arteriazinha entupida. Sinto que devo começar a fazer os meus exercícios, mas não gostaria que ele me limitasse a dança, pois dançar e cantar são coisas que me fazem tão feliz! Ainda mais hoje, no primeiro dia do equinócio de primavera! É uma dorzinha, eu sei, mas ela está aqui, presente, dizendo: vá com calma, Doralice! Para uma alma apaixonada como a minha, que quer viver tudo profunda e apaixonadamente, meu Deus! Me permita mergulhar, eu tenho Nodo Norte em escorpião e Lilith em peixes!... Lilith é a lua negra, poderosa e que amedronta. É o nosso sonho, o nosso lado escuro que não queremos ver ou que escondemos de nós mesmos. Temos que olhar para ele, aceitá-lo e fazer as pazes com a nossa sombra, só assim seremos completos. Reacende, Senhor, a luz que brilha em mim, da qual já tive tanto prazer outrora. Meu coração quer ribombar em uníssono com esse "allegro" que minha alma conhece tão bem, e que é a minha verdadeira melodia interna. Anseio tanto, ainda! Não desisti de sonhar! Ocasionalmente me vejo presa no emaranhado dos outros ao meu

> *redor, e me puxam para baixo cada vez mais, com o cotidiano insípido e árido, parece até que não conseguem enxergar mais além... Mas a responsabilidade ainda é só minha por permitir esse emaranhado todo, fico sem poder sair, parecem mil.*

Nesse escrito, de certo modo e do modo certo que é a escrita, Doralice tenta aplacar a fúria dos seus próprios sentimentos de abandono e de raiva que sente por si mesma, por seu pai, por sua mãe. Com seus conhecimentos de astrologia, tenta transcender a tudo, principalmente a fúria que, de tão forte, não teve coragem de mostrar, de expor. E, em assim fazendo, precisou dar a cara a tapa nas diversas oportunidades surgidas durante toda sua vida, que pediam que assim procedesse, e assim, quem sabe, a extravasasse. A fúria de Doralice se acumulou em seu corpo, em seu coração, e vem se rebelando, mostrando ferozmente sua existência.

Ao chegar na cidade de Rio Branco, no Acre, não conhecia ninguém. Era como se aquele fosse o meu pré-pouso na floresta e eu quisesse me sentir capaz de sobreviver sem as facilidades da cidade grande. Vinha direto de Curitiba após concluir a pós-graduação em homeopatia, era o ano de 1983. Fiz contato com a única farmácia homeopática que existia na cidade, deixei alguns cartões de apresentação e um aviso de que toda quinta-feira retornaria à farmácia para saber se havia algum chamado. Durante as primeiras semanas não houve nenhuma demanda pelos meus serviços. Terminei por alugar uma casa nas cercanias de Xapuri, que ficava na borda da floresta e próximo desta capital. Na floresta não há como você disponibilizar os seus serviços médicos, as casas são afastadas umas das outras, tem pouca gente circulando, não há plano de saúde para médicos homeopatas. Me informei na sede de uma ONG e deixei meu endereço, caso alguém precisasse dos meus serviços médicos. Inicialmente fui muito solicitado para fazer partos, muitas vezes vinham me buscar em canoas, floresta adentro, para atender crianças e mulheres, depois vinham me trazer de volta, agradecidos.

Aos poucos, fui ganhando a confiança dos ribeirinhos e dos indígenas, compartilhando conhecimentos, ressignificando minha existência. Passei a enveredar pelas múltiplas faces da floresta, pelos igarapés, aprendi a me proteger da malária, a me defender das onças, a distinguir os barulhos dos pequenos animais, o barulho da água sendo rasgada por uma canoa rio adentro, o barulho dos remos. A floresta é um grande silêncio habitado por pequenos ruídos brincando de esconde-esconde. Ora o silêncio se mostra grandioso, ora são os burburinhos chamando a atenção; geralmente são pequenos animais se movendo ou mesmo folhas e galhos caindo.

Com o passar dos anos, já não há mais a escuridão profunda que havia ao cair do sol. A negra suçuarana agora tem medo de caminhar no silencioso igarapé, luzes brilhantes escapam e clareiam o céu das cidades e dos povoados onde homens e mulheres cantam, dançam e se matam. Enquanto isso, na floresta o tempo não passa, ele se acumula em autoconsciência pura ou em algum aspecto abstrato da consciência, na consciência da nossa própria existência que se dá através da memória e do esquecimento, os quais se confundem com o próprio tempo. A essa altura eu não pertencia mais à metrópole, eu era um ser a mais que se misturava à floresta, muitas vezes a minha atenção era tomada totalmente por essa sinfonia, e me tornava um ser pulsante e integrado ao meio, um outro ser vivo, como tantos que me rodeavam.

Nas minhas andanças pelos igapós e igarapés, ou mesmo pela mata de terra firme onde se encontram a castanha do pará e madeiras nobres como o mogno, além dos instrumentos e medicamentos básicos para atender a algum chamado médico, levo sempre comigo cordas, lanternas, materiais de primeiros socorros, soro antiofídico, um cantil e um facão bem afiado para abrir picadas. De vez em quando aparece uma estrada nova e ilegal onde antes só havia a mata e por onde, do dia para a noite, passam a circular caminhões carregando toras de madeiras, como em uma grande mágica do mal. São estradas e mais estradas que se abrem no ermo verde da mata, formando um sistema dendrítico clandestino ao qual só uma pessoa perdida, como eu às vezes fico, poderia chegar.

É difícil eu me perder durante as incursões que faço sozinho; aprendi a me achar aos poucos durante esses longos anos explorando uma pequena área da floresta, próxima à Xapuri. Me distancio mais quando subo ou desço os rios para chegar aos povoados e aldeias. De quando em vez os desmatadores vêm com tratores, motosserristas e mecânicos para derrubar a mata, retirar as árvores e pássaros e preguiças, apagar os nossos sinais de orientação e transportá-los em caminhões. Os sinais que orientam a comunicação entre muitos seres vivos que nela habitam desaparecem nas serrarias e se transformam em móveis, que serão exportados para outros estados e países. Os mais gananciosos vêm também como predadores, insinuando-se como uma anaconda silenciosa, aprontando o bote, asfixiando os rios com mercúrio e implantando o garimpo, a prostituição, a miséria. Para enfrentar essas situações, aprendi a conviver com os seringueiros, ajudando-os a retirar o látex, com os quilombolas, com as quebradeiras de cocos; aprendi a me adentrar pelas matas de várzea, que são inundadas periodicamente, assim como os igapós e igarapés. Aprendi a me perder e a me achar nas diferenças do solo da mata, nas diferenças da altura da mata de uma mesma floresta que percorro há anos e que é só um pedaço pequeníssimo da imensa Amazônia. Aprendi a reconhecer os bichos e as plantas que se podem comer, aquilo que é venenoso, e também aprendi a me defender do bicho-homem, invasor, ganancioso, matador. Reaprendi a dominar as palavras, a silenciar, a escondê-las propositadamente, a não mentir, a memorizar cada conversa com os caboclos porque nunca se sabe as palavras que vão e aquelas palavras que voltam pelos meandros dos rios. Por entre essas lembranças, aparentemente esqueço de Doralice e adormeço.

Acordo na unidade de terapia intensiva de Capital, onde há dez dias cuido de Doralice com os recursos da homeopatia, depois que ela se submeteu ao terceiro procedimento cirúrgico em menos de seis meses. Volto ao caderno de bordas douradas, salto muitas páginas, os escritos de uma vida inteirinha para retornar ao final de agosto de 2019. Doralice alterna o sono e a vigília, mas ainda está sedada por causa da dor. Quando estiver bem, continuaremos com as nossas consultas. Entretanto, para minha surpresa, ouço sua voz, falando baixinho...

- Oi Zé Mauro, você ainda está aí? Quantos dias faz que fui cirurgiada?

- Sim estou aqui. Hoje faz dez dias da sua cirurgia. Já tivemos uma primeira consulta, você lembra?

Ela me confirmou com a cabeça.

- Zé Mauro, quando calamos e sentimos, ficamos somente a observar! É tão interessante poder vislumbrar esse momento suspenso no tempo... Viver o agora é tão sutil e tão efêmero... Exercitar esse toque no agora, sem mais nada, sem passado e nem futuro, sem planejamento nenhum, sem nenhuma atenção fixada em absolutamente nada, só o absoluto AGORA! Chego a suspirar de satisfação pelo fato de inspirar e expirar no agora, mente limpa, respiração pura!

- Vejo que você está evoluindo muito bem! Seu filho João, me disse que você é muito corajosa, o que eu concordei em gênero, número e grau! Podemos continuar com a nossa consulta?

- Sim.

- Apliquei uma dose potente de Stramonium em você.

Doralice se cala, como que refletindo sobre o que acabo de dizer. Reclama comigo do seu filho mais velho, Antônio.

- Na minha primeira visita, posto que só posso receber uma visita por semana, Antônio me disse que, nas próximas férias que eu tiver, terei que marcar em outro lugar, não no CTI. Diz isso para justificar, para os outros, que eu preciso descansar, que eu não devo viajar. Parece até que é uma autopunição por ter viajado antes da angina. Que louco! Quando infartei da primeira vez, em junho, eu tinha chegado do curso do Samkaran, fiquei uma semana e dez dias em Curitiba muito bem, estava linda, maravilhosa, chego em casa e em uma semana tenho um infarto. Até parece punição, meu Deus! É como se eu não merecesse sair e quando eu volto me arrebento de trabalhar para justificar a minha viagem, e de repente, bumba! Agora, dessa segunda vez, não se passou nem uma semana, foram só dois dias depois da chegada! Lá vem a angina novamente, cá estou eu no hospital de novo, e agora sendo arrastada em outra desastrosa turbulência, fazer uma revascularização cardíaca, abrir o meu peito para revitalizar o meu coração de forma literal, retirar uma artéria mamária e uma veia safena para consertar os estragos que aconteceram no meu coração, tão magoado, sofrido e negligenciado por mim mesma. Eu acho que tenho uma visão tão clara dos meus sentimentos, mas quando acontece um alvoroço desses eu vejo que, na verdade, não sei é de nada sobre mim...

Enquanto Doralice fala, faço algumas anotações de memória, ponho outra vez a mão em sua testa, ela adormece. Estou tratando a minha amiga com Stramonium, uma planta considerada venenosa, da família das solanáceas. Os escritos de Doralice são dignos de livros didáticos da sintomatologia homeopática. Enquanto ela dorme eu estudo os seus sintomas, revelados em seus textos e durante as consultas. Estamos, nós dois, fazendo uma abordagem mútua, envolvendo as suas palavras, os nossos conhecimentos um do outro e nossos conhecimentos homeopáticos. A equipe médica concordou com o tratamento, a pedido da família.

Pego outra vez o caderno de bordas douradas, abro-o quase no final das páginas e vejo que minha amiga andou escrevendo enquanto eu dormia....

Hoje é dia primeiro de setembro de 2019. Caramba, faltam três meses para o final desse ano de 2019, eu nem acredito. Estou entrando em um novo espaço de compreensão de mim mesma. Ontem passei o dia todo refazendo o meu painel de desejos. É como se eu não pudesse passar um único dia da minha vida em algo chamado "ócio criativo"! É bastante perturbadora essa constatação. Propósito, meta, desafio, missão, tema, paixão. Sinto um vazio imenso de propósito. Como posso encontrar esse refúgio de paz dentro do mais profundo do meu ser? É tudo isso que eu quero agora. Agora acordo, e não sei que sonhos tive, mas estou deliciosa em mim mesma, me sentindo totalmente luminosa e aquecida, como se no meu espreguiçar me desdobrasse e lançasse minaretes de luz em toda parte. Meu coração hoje amanheceu alegre e feliz!

Me sinto como uma borboleta a colocar a pontinha de sua colorida asa para fora do casulo, começando a me libertar vagarosamente. Vou esperando o meu momento para voar, meu Deus, como anseio por esse momento de empreender meu voo magistral.

Devo confessar que os feedbacks que recebo, que me fazem sorrir, de certa forma reforçam o meu autoenamoramento, e estou muito grata por isso. Obrigada! Devo dizer que ressoa bem dentro de mim, e me faz sorrir, querer cantar, dançar, me acarinhar e me aconchegar em mim mesma. É gostoso demais! Só sentindo para saber. Repentinamente, tive um sonho forte e maravilhoso, o encontro com minha alma ancestral, de uma vida anterior no Peru. Agora sei que é minha alma guardiã, sou eu no meu eu profundo, a minha alma que está lá em cima, velando por mim. Ela é morena, de olhos cor de mel, como os meus, e tem um olhar carinhoso, morno, afetuoso, protetor e forte. Comunica-se comigo através do olhar, penetrante e direto. Foi fantástica a viagem interior que fizemos, ela me levou em total confiança a empreender o meu caminho, junto com o meu cavalo, no meio daquele caos de águas em uma noite quente, com a água subindo até o pescoço, me ameaçando, me carregando. Eu estava firme quando ela veio me encontrar, como se estivéssemos cruzando a ponte em direções contrárias. Parece que ela veio ali somente para me encontrar e me falar o que ela devia falar. Foi uma viagem profunda através das pupilas do nosso olhar. Se estabeleceu uma comunicação luminosa entre nossas irises cor de mel, onde eu vi luz e penetrei profundamente nela e ela em mim. Senti um calor que me foi aquecendo de cima para baixo, uma confiança se estabelecendo, foi como uma viagem astral, as suas mãos nos meus ombros eram mornas, mesmo cercadas de água correndo ao nosso redor em uma noite escura. A luz lusco-fusco, ao fundo, indicava a direção que eu devia seguir: era a direção das águas, mas ela e eu, ali paradas, no meio, éramos uma ilha de calor, luz, confiança e comunicação profunda; me segura, me olha, vê dentro de minha alma através dos meus olhos, nos adentramos uma na outra, eu mergulho profundamente nela e ela em mim, explode luz e compreensão entre nós, de repente ela me autoriza, ela diz: pode ir!

Este belo escrito, um resgate da memória ancestral em um longo sonho reparador, me faz confirmar que o Stramonium é realmente o seu remédio de fundo e está fazendo o efeito desejado e esperado, um belo efeito. Isso me deixa tranquilo. Minha amiga está muito centrada no tratamento, memorizando os sonhos com todas as suas emoções, resgatando o equilíbrio interno do seu corpo e da sua alma. Como disse, todos os seus escritos são didáticos para a sintomatologia de Stramonium – ao mesmo tempo em que são escritos únicos de um único indivíduo que vive ou já viveu neste planeta –, um remédio com sintomas difíceis de serem vivenciados. Doralice está esplendorosamente recuperando a sua energia vital... Agora é só seguir com os cuidados pós-cirúrgicos e ela estará curada. Fico satisfeito com o resultado do tratamento homeopático e feliz com o resultado da cirurgia.

Minha amiga demonstrou sua fortaleza ao se entregar de corpo e alma ao tratamento; ao escrever – como foi importante escrever! –; ao acreditar na comunicação entre as pessoas, pois confiou a mim os seus mais íntimos sentimentos e pensamentos; ao acreditar em mim e sobretudo na homeopatia, nossa escolha nas ciências médicas, na qual vimos atuando por todos esses anos. Me chamou de tão longe justamente por saber que estou sempre perto dela, e isto é preciso, pois a conheço muito bem e conheço também sua história, a qual estou contando com muito amor neste livro, nesta biografia. Há quinze dias estou aqui em Capital acompanhando minha amiga, imerso em sua história, em seus sintomas, nesta unidade de terapia intensiva, travando uma batalha para que atravessemos esse fosso que em alguns momentos nos pareceu intransponível. Agora, acho que o atravessamos, e já posso pensar em voltar para Xapuri. Vou dar um beijo em sua testa e levar os escritos comigo. Continuarei narrando a sua história de lá da Amazônia.

TUDO O QUE O ENVOLVIA ERA LENTO, ATOLADIÇO COMO UM PÂNTANO.

Muito tempo se passou desde que Doralice esteve com seu pai aos dezoito anos de idade, ainda nos anos 70 do século passado. Desde então, nunca mais se falaram nem se viram, nem se corresponderam por cartas, nem mesmo por correio eletrônico. À exceção de alguns poucos telefonemas dados por Hector, que não evoluíram para nada, não aprofundaram nem firmaram a tênue relação até então existente. Nunca mais Doralice perdeu tempo esperando por nada, nem por dinheiro, nem por um casamento que a protegesse das agruras da vida, como fez sua mãe, como faziam as mulheres daquela época, e como ainda hoje fazem certas mulheres. As mulheres jovens do tempo de Doralice se rebelaram, de certa maneira, com essa condição de expectantes. Muito influenciadas pelo movimento feminista, o qual chegou com um certo atraso a Capital, passaram a transar com os namorados, a fazer uso de anticoncepcionais, a buscar o prazer no sexo, a não reprimir a libido, e não mais necessariamente esperavam o casamento para começarem a viver.

Herdaram as mudanças de comportamento das jovens americanas e europeias dos anos 60, que questionavam a supremacia dos homens em todos os campos e do próprio capitalismo às custas do trabalho doméstico das mulheres, o que reverberou em Capital no final da década de 70 e início dos anos 80.

As jovens mulheres dessa época, dentre as quais incluía-se Doralice, partiam para a vida, iam à luta, estudavam, trabalhavam, tinham filhos por opção, independentemente de serem casadas, de terem maridos. Além disso, Doralice teve em sua mãe um exemplo muito próximo e concreto de uma mulher que sobreviveu e criou a filha sem ajuda do marido, o seu ausente pai, nem de mais ninguém. Portanto, a industriosa Doralice não soube o que é perder tempo, não soube o que significava o ócio, mesmo que fosse o ócio criativo. Sua mãe Lenira já havia falecido; estava com dois filhos crescendo, um deles na pré-adolescência, e separada do marido. Mais ou menos por essa época construiu uma mansão nos arredores de Capital. Lenira havia deixado algum dinheiro, com o qual Doralice comprou o terreno, que, por ser longe do centro da cidade, não foi muito caro, e, por usar material de demolição, tudo ficou ainda mais barato.

Para escolher as melhores peças da demolição, ela mesma foi às lojas especializadas e comprou o material para a construção da sua própria casa, discutiu preço e acompanhou a evolução do projeto com o mestre de obras e com o arquiteto, que lhes pareceram muito pouco dinâmicos, aquém do necessário para fazer uma obra andar. Mas a obra andou e uma bela casa ampla surgiu no terreno, uma mansão. Escrevo isto sabendo que na área de materiais de construção, em particular, lida-se com gente muito gananciosa, exploradora, sem escrúpulo, peso ou medida, sobretudo quando trata com uma mulher, que julga sem a menor capacidade de discernimento nesta área ou em outra área qualquer. E assim Doralice construiu, quase que literalmente, sua casa, separada do marido e com os filhos ainda menores de idade, fazendo tudo sozinha. A educação dos filhos, a construção e manutenção da casa, demandaram muito dinheiro, e ela estava em um momento da vida em que o pragmatismo passou a prevalecer em suas decisões, o que até aqui não havia nada de novo. De novo, mesmo, havia a maturidade, ali, chegando.

Pensou seriamente em procurar o seu pai para reivindicar o que lhe era de direito, e de direito dos seus filhos, no plano material, pois no plano afetivo não guardava mais nenhuma esperança. Conversou longamente com os filhos sobre o seu pai, um avô também totalmente ausente, e sobre a obstinada mãe, Lenira, avó deles. Fez um balanço geral da vida deles, mãe e filhos, antes de decidir viajar para São Paulo, para conversar com Hector, e para que juntos estabelecessem um compromisso financeiro. Decidiu fazê-lo com a coragem que recebeu de sua mãe e com o estímulo recebido dos filhos. Já em São Paulo, ligou para a mansão no bairro do Morumbi, onde Hector morava com a esposa, com o intuito de encontrá-lo o mais breve possível, pois teria muito pouco tempo na cidade e precisaria voltar para os seus compromissos em Capital, mas recebeu a notícia nada agradável de que ele havia falecido. A informação foi dada laconicamente por uma voz de mulher que, logo depois da comunicação, desligou o telefone. Doralice foi arrastada por uma onda gigante de emoções semelhante à que se deu no abrupto primeiro encontro com o pai. Afloraram, de uma só vez, muita mágoa, muito medo, muito abandono, muita vergonha, muita raiva, só que agora não havia mais espaço nenhum para a esperança. Hector estava morto.

Sentou-se na cadeira de um café no bairro do Morumbi, de onde tinha feito a ligação, e chorou, chorou convulsivamente, sem se preocupar com mais nada, se estava chamando a atenção dos outros clientes, se era lícito ela chorar em um local público no bairro do Morumbi, se era lícito ela chorar em São Paulo, se era lícito ela chorar por seu pai. Minha amiga usou a palavra lícito porque na sua vida tudo era rondado por estas palavras: justo, válido, correto, lícito, sobretudo a paternidade de Hector. Lembrou-se do que Lenira deve ter passado quando Hector desapareceu, deixando-a grávida e só numa cidade grande e desconhecida, uma cidade esmagadora. Nunca havia conseguido imaginar direito esta situação antes, enquanto sua mãe era viva. Sua mente recusava-se a fazer isto, pois existia uma cobrança feroz por parte dela, por tê-la criado sozinha, por ter lhe dedicado toda sua vida, o que fazia, às vezes, com que Doralice se sentisse como um fardo difícil de carregar.

Naquele dia sentiu um abandono absoluto e irremediável que a mim, não sei bem porque, fez lembrar do poeta Ferreira Gullar, o qual estávamos constantemente lendo na época em que nos conhecemos lá em Curitiba, quando ele diz:

"É impossível dizer / em quantas velocidades diferentes / se move uma cidade / a cada instante / (sem falar nos mortos que voam para trás) / ou mesmo uma casa / onde a velocidade da cozinha / não é igual à velocidade da sala (aparentemente imóvel nos seus jarros de porcelana) nem à do quintal / escancarado às ventanias da época.... e que dizer das ruas / de tráfego intenso e da circulação do dinheiro / e das mercadorias / desigual segundo o bairro e a classe, e da rotação do capital / mais lenta nos legumes / mais rápida no setor industrial, e / da rotação do sono / sob a pele..."

Ali, sentada em um café no bairro do Morumbi, na cidade de São Paulo, acabando de saber que o pai havia falecido, Doralice deve ter percebido as múltiplas e esmagadoras velocidades desta cidade e do seu transtornado pensamento, e dos vários tempos misturados em sua cabeça, enquanto ficou sentada naquele café, perto do apartamento do Morumbi onde morou seu pai, que agora não mais existia. Não faz ideia como conseguiu voltar para Capital, tão desorientada estava.

E agora? Como fazer para provar que era mesmo filha de Hector Kotscho? Que sina a sua! Passou boa parte da vida sem saber sequer como era o seu pai, nem mesmo se ainda tinha um pai, e, quando o encontrou, contra todas as probabilidades de que isto pudesse acontecer, dispensou a sua ajuda. Agora que estava precisando dele como nunca, veio a notícia da sua morte. Isso lhe parecia uma história inventada para maltratá-la, feri-la bem fundo no coração. Se arrependeu de ter sido orgulhosa, de não ter tentado uma aproximação real, não ter retornado os telefonemas que recebeu de Hector, achou-se prepotente e ingênua, muito ingênua. Sua mãe, que tanto a havia protegido, já estava em um outro plano. Na volta da viagem, já na Capital, reuniu-se novamente com os filhos na sala de jantar e contou tudo o que se passou e tudo o que sentiu ao saber que o pai havia falecido. O filho mais velho, com toda a confiança de um jovem, questionou se ela queria, real e definitivamente, resolver esta questão. A princípio Doralice ficou chocada com a pergunta do filho, mas terminou por encarar o problema. A partir de então, saiu daquela posição de mártir em que sua mãe a colocara, mesmo sem querer, e informou-se com advogados se ela, como filha de Hector, teria direito à herança de parte dos seus bens. O advogado confirmou o que ela sempre soube, que sim, ela teria direito a grande parte dos bens de Hector. Sugeriu que entrasse com uma ação de investigação de paternidade na Vara da Família, em São Paulo, e indicou um bom advogado de sua confiança, que atuava naquela metrópole. Ao mesmo tempo, sugeriu que tivesse uma conversa com a esposa do seu falecido pai para chegarem a um acordo inicial sobre a divisão de bens, já que ela foi companheira de Hector por muitos anos, embora não fossem casados. Isto implicava em despender muito dinheiro com viagens a São Paulo e com advogados e certidões, mas Doralice, quase que empurrada pelos filhos, prosseguiu, não se sabia até quando. Tudo o que envolvia o seu pai era lento, atoladiço como um pântano; sozinha talvez não tivesse forças para prosseguir. Por precaução, consultou outro advogado, que afirmou ser ela, Doralice, a única herdeira de Hector Kotscho.

Meses depois, uma senhora de uns 60 anos, esguia, cabelos curtos, platinados, a recebeu cordialmente em seu apartamento, no bairro do Morumbi. Minha amiga apresentou-se apenas como Doralice, posto que a senhora de cabelos platinados, esposa – agora viúva – de Hector, sabia de sua existência e já imaginava qual seria o assunto a ser tratado. A senhora convidou-a a sentar-se com ela na varanda, ofereceu-lhe um café, e Doralice aceitou. Conversaram sobre tudo, sobre a metrópole que é São Paulo, sobre a facilidade dos transportes públicos, do metrô. A senhora, cujo nome Doralice subitamente esqueceu, perguntou se ela havia achado o endereço facilmente. Falou sobre o seu casamento com Hector, sobre a ausência de filhos, da grande afinidade existente entre os dois.

- Hector gostaria muito de ter filhos, infelizmente ele não podia, fizemos os exames, ele era estéril.

Doralice ouvia aquilo tudo se perguntando que tipo de pessoa, uma senhora distinta, envolvida numa ação de justiça civil da vara de família, diria o que acabara de ouvir? Que tipo de pessoa, tão delicada e educada e bonita e agradável, diria o que acabara de ouvir? Sim, havia uma distância enorme entre ela e aquela mulher que a oprimia com palavras educadas, de uma classe acostumada a ter as coisas com facilidade, encostando-a na parede do seu grande apartamento no bairro do Morumbi, ameaçando pisá-la com sua boa educação. Lembrou-se desse seu amigo, Zé Mauro, que engoliu as próprias palavras durante um bom tempo da sua vida, para se livrar da opressão que sofria com a delicadeza dominadora das palavras de sua mãe. Porém, Doralice agiu de modo bem diferente do amigo, que não por acaso está escrevendo a sua história. Se fez de desentendida e passou a tarde inteira conversando cordialmente com a esposa do seu pai. Ela, Doralice tinha uma intimidade genética com Hector que aquela senhora de cabelos platinados não tinha, o que nesta situação em que ambas estavam disputando os bens de Hector Kotscho, era uma vantagem para ela, Doralice. Além disso, tinha também os genes de Lenira, a sua brava mãe, portanto aquela senhora podia tentar demonstrar conhecimento do marido, dar detalhes da vida que tinham em comum, que isso não a atingiria – não nesta situação onde, em última análise, um simples teste de DNA resolveria tudo! A senhora de cabelos platinados pareceu ler os pensamentos de Doralice, e neste átimo de segundo se deu alguma comunicação entre elas sem que fosse necessário o uso de palavras; uma comunicação misteriosa e fugaz. A conversa continuou. Doralice, muito atenta a tudo, absorvia cada gesto, cada palavra, para saber um pouco mais sobre quem era esse homem que habitou sua imaginação boa parte da vida, e que agora estava transformado em bens materiais, em ossos. E a senhora continuou:

- Ele me considerava sua motivação na construção do nosso pequeno patrimônio, que, infelizmente, a justiça bloqueou. Só resta este apartamento em que vivo, e que eles não podem tirar de mim enquanto eu viver. Hector lidava com o mercado financeiro e o acusaram de lavagem de dinheiro...

A senhora grisalha fazia questão de dar detalhes da vida em comum com o marido falecido, entretanto em nenhum momento da longa conversa, tratou Doralice como filha de Hector Kotscho. Que trunfo teria aquela senhora de cabelos platinados de quem, de repente, até esqueceu o nome?, perguntava-se Doralice. Ela, Doralice, além dos genes do pai, tinha a seu favor duas certidões; uma, do casamento de Hector Kotscho com sua mãe, e outra, a certidão na qual Hector Kotscho constava como seu pai, no seu registro de nascimento! Que trunfo teria aquela senhora que, com todas as palavras possíveis, a desencorajava a lutar para ser reconhecida como filha do homem que lhe deu a vida, o seu pai? Entretanto, o que Doralice não sabia era que a senhora de cabelos platinados ainda não tinha conhecimento destas certidões, o que aconteceria no desenrolar do processo de reconhecimento de paternidade. Hector provavelmente escondeu isto também da sua suposta esposa. Doralice se perguntava se aquela senhora estaria pensando que aquela disputa acabaria por aí. O que Doralice não sabia também é que tinha se saído muito bem, tinha sido extremamente corajosa no embate verbal com a distinta senhora, e que esta visita tinha sido fundamental no processo de reconhecimento da paternidade de Hector Kotscho.

Alugou um pequeno apartamento em São Paulo para servir de base nesta fase do reconhecimento de paternidade na Vara da Família em São Paulo, visando economizar com hotéis para ela e seu filho mais velho, que a acompanhou durante todo o processo. Achou ser esta a melhor solução, posto que teriam que viajar muito de Capital para São Paulo e de São Paulo para Capital, e o gasto com hotéis superaria em muito o valor do aluguel de um pequeno apartamento no bairro de Moema. Na fase inicial do processo, o seu registro civil de pessoas naturais da cidade de São Paulo e a certidão de casamento da sua mãe Lenira com Hector Kotscho foram confrontados com a certidão de casamento de Hector com Celina – este era o nome da esposa ou companheira do seu pai –, posto que seu pai já era casado com sua mãe antes de conhecer Celina. Doralice descobriu também que o cartório onde a tia Lalá trabalhou, em São Paulo, era o mesmo que emitiu as duas certidões que provariam o laço matrimonial de Hector com Lenira, e a paternidade de Hector em relação a Doralice. Foi fácil comprovar os dados constantes das duas certidões no cartório de registro civil de pessoas naturais da cidade de São Paulo. Doralice tirou um peso da sua consciência por esta antiga desconfiança sobre a validade das duas certidões, o ponto fraco da lisura de Lenira perante a vizinhança em Capital, e ao mesmo tempo sentiu um alívio pelo avanço do processo de reconhecimento de paternidade. Agora faltava comprovar a certidão de casamento apresentada por Celina Kotscho.

Descobriu que o trunfo que Celina tinha era a certidão original do seu casamento com Hector Kotscho, a qual estava na posse dela, talvez por esse motivo tenha se sentido tão segura ao conversar com Doralice naquela tarde, em seu apartamento no Morumbi. Mesmo assim, Doralice estava desconfiada de alguma coisa que ela ainda não sabia. Efetuado o confronto das certidões por um perito grafológico, tudo indicava que as duas certidões de casamento eram válidas e que Hector Kotscho era juridicamente bígamo. Isto é um erro raro de acontecer em cartórios de registro civil de pessoas naturais, mas acontece, e aconteceu justo com Lenira e Celina. A questão da paternidade, por sua vez, ainda precisava de um reforço argumentativo por parte do advogado de Doralice no processo de reconhecimento de paternidade que corria na vara da família de São Paulo, além da sua certidão de nascimento. Desse modo, a questão da herança continuava em aberto e Celina estava cercada de bons advogados. Nos tempos atuais, o reconhecimento de paternidade não é como quando Doralice nasceu, através da declaração do pai, ou da mãe. Hoje, além das certidões, quando necessário, consideram-se as informações contidas nos DNAs das células, podendo-se chegar a um resultado confiável sobre a paternidade posta em questão. Doralice, sempre acompanhada do filho mais velho, partiria agora para o teste de DNA, que infelizmente não existia quando encontrou o seu pai, aos dezoito anos de idade – algo que lhe teria poupado muitos aborrecimentos.

A primeira atitude que tomou foi comprar um caderno, onde anotaria todo o procedimento a ser realizado para provar cientificamente que era filha de Hector Kotscho, e chamou-o de Livro dos Ossos. Doralice se perguntava: onde estariam os ossos de Hector? Em qual cemitério dessa imensa cidade de São Paulo, com dezenas de cemitérios? Com centenas de mortes diárias... De sepultamentos? Sentiu uma impotência arrasadora, e, mesmo sem querer, vinha a imagem de sua mãe. Não tinha como saber. Como saber? Doralice se exigia demais, até que o advogado entrou em cena.

O Juiz da Vara da Família de São Paulo solicitou à viúva de Hector que informasse o nome do cemitério onde o marido foi enterrado, a fim de requisitar a exumação do cadáver, a pedido de Doralice

Kotscho. Só a esposa ou a filha poderiam solicitar a exumação dos restos de Hector. Lenira era uma esposa legítima, mas já havia falecido. Foram muitas viagens entre Capital e São Paulo para levar a cabo a exumação dos ossos. Enfim, Doralice, junto com o filho, um funcionário do cemitério e um oficial de justiça, foi procurar a lápide onde estaria escrito: *Aqui jaz Hector Kotscho*. O cemitério era grande e silencioso, ouviam-se apenas passos que sumiam e outros passos que se aproximavam lentamente, entre as muitas alamedas do cemitério, Doralice já estava sem esperança, até que enfim encontrou a lápide do seu pai! Uma empresa foi contratada para proceder a exumação.

Profissionais vestidos com equipamentos de proteção individual abriram o jazigo e retiraram a urna. Nesse procedimento, ficou registrado que a tampa do caixão estava solta. Prosseguindo a exumação, os restos mortais foram retirados em um local aberto, para evitar contaminação, e foram acondicionados em uma urna adequada para este fim. O filho de Doralice e o perito oficial de justiça fotografaram todo o procedimento. Esta urna foi levada para o laboratório de genética da Universidade de São Paulo e, pasmem, o resultado deu negativo. O DNA dos ossos não coincidia com o DNA da saliva de Doralice. Repetiu-se o exame, desta vez usando fios de cabelo, e o resultado deu novamente negativo. Doralice voltou a sentir-se abandonada por Hector, que continuava negando-se a ser seu pai. Agora, a esta altura dos acontecimentos, ela quis entrar totalmente na briga pela paternidade e pela herança a que tinha direito, porque era filha de Lenira, a legítima esposa de Hector. Como já disse anteriormente, todo o processo de exumação havia sido fotografado por um perito, a pedido do advogado, assim como pelo filho de Doralice. As fotos de ambos apontavam para uma violação anterior à exumação solicitada por Doralice, portanto o túmulo havia sido violado e, provavelmente, os ossos haviam sido retirados e trocados pelos de algum indigente, indicando ter havido uma exumação anterior. Doralice tinha pressa e não queria envolver a polícia, mas seu filho, juntamente com o advogado, achou que seria uma questão para a polícia resolver, juntamente com a direção do cemitério. O advogado participou o caso à polícia civil, que demorou um tempo para entrar em ação, mas finalmente o fez assim que o juiz concedeu a autorização para verificar esta violação.

Os investigadores da polícia, junto com o filho de Doralice, partiram primeiramente da suposição mais objetiva e fácil de efetuar, visando o reconhecimento de paternidade, ou seja: aquela de que os ossos haviam sido apenas removidos para outro túmulo, sem nome, naquele mesmo cemitério. Mas, por onde começar? Os investigadores solicitaram ao funcionário do cemitério uma busca nos registros de sepultamentos e de exumações, e nos livros de pedidos judiciais para exumações. Fazendo a busca dos registros através do nome de Celina Kotscho, encontraram a data do sepultamento de Hector Kotscho. Havia quatro anos que Hector tinha sido sepultado, mas certamente houve uma exumação anterior àquela solicitada por Doralice, cuja data era desconhecida e para a qual não constava nenhum pedido no nome de Celina Kotscho. O filho de Doralice, por outro lado, tentava conversar diretamente com os coveiros para saber quantas exumações haviam sido efetuadas no último mês, tentando fazer um cálculo aproximado, considerando a data do sepultamento de Hector.

O funcionário encarregado dos registros perguntou em que data, aproximadamente, havia ocorrido a primeira exumação, para que ele pudesse focar a sua pesquisa, uma vez que são feitas muitas exumações a cada mês. Doralice sentiu-se em um mato sem cachorro, mas intuiu, em uma fagulha de discernimento, que quando esteve na casa de Celina, no Morumbi, há quase um ano, provavelmente esta ainda não tinha tido a ideia de exumar os ossos de Hector. Ou seja: provavelmente Celina só teve esta ideia após aquela conversa com Doralice. Restava, portanto, saber a data aproximada de sua visita a Celina. No meio de tantas viagens que fizera a São Paulo, não lembrava exatamente da data em que havia visitado Celina. Procurou no Livro dos Ossos, mas nada havia sobre a data daquela viagem específica. Doralice voltava para o pântano, já não fazia mais ideia de nada, estava sem condições de raciocinar. Lembrou-se dos bilhetes das passagens aéreas, os quais provavelmente ainda estariam com ela, dentro de sua bolsa. Não os achou, no entanto; provavelmente havia trocado de bolsa e os bilhetes estavam na outra bolsa, que havia ficado no apartamento alugado. Voltou ao apartamento e, com as mãos tremendo, pegou a bolsa, procurando afobada pelos bilhetes e os encontrou, junto com as datas das viagens. Só havia três bilhetes de viagem; levou-os todos consigo ao cemitério. Separou-os por empresa aérea que faz o voo de Capital até São Paulo, com as respectivas datas das viagens.

De posse de uma muito provável data, voltaram aos muitos registros de exumação, procurando, tateando por aquele efetuado posteriormente ao dia 28 de agosto de 2002, data da viagem na qual fez a visita ao apartamento do Morumbi, ou seja, procurando por algum pedido no nome de Celina Kotscho cuja data fosse posterior à visita de Doralice à viúva.

Além dos computadores, na sala ampla de móveis de madeira escura havia três livros enormes abertos, sendo manuseados cuidadosamente pelo funcionário do cemitério. Para a sorte de todos, ele encontrou um pedido no nome de Celina Kotscho, solicitando exumar os ossos de Hector Kotscho, no dia 12 de agosto de 2002, justamente quatro meses após à visita de Doralice. O filho, que ficara aguardando e cuidando para que os investigadores não fossem embora, foi também, junto com eles, procurar o funcionário responsável pelas exumações, que descartou sua participação na violação do túmulo. Com medo de estar envolvido em alguma trapaça, o funcionário, sabendo da data da primeira exumação, rapidamente descobriu o nome do coveiro que possivelmente violou o túmulo original e sepultou novamente os ossos numa cova sem identificação. O nome do coveiro era Isaque, e ele de fato tinha violado o túmulo, a pedido de uma senhora que lhe havia pago mil reais. Ameaçaram prendê-lo e denunciar o fato gravíssimo à polícia, o que terminou por convencê-lo a localizar a cova onde estavam os ossos de Hector Kotscho, os ossos que ele havia exumado e trocado de lugar. Doralice e seu filho deram um suspiro de alívio quando o coveiro achou o túmulo para onde teriam sido transferidos os ossos de Hector. Agora que haviam encontrado os ossos, poderiam fazer a exumação destes.

A empresa que efetuou a segunda exumação, a pedido de Doralice Kotscho, levou os restos que haviam sido trocados para uma nova análise genética de DNA no mesmo laboratório da Universidade de São Paulo. Foi confirmada, enfim, a paternidade de Hector Kotscho. Doralice e seu filho Antônio estavam exaustos, mas ainda tinham energia para prosseguir com todo o processo que envolvia a partilha dos bens. Os ossos foram transferidos para a cova original, e foi construído um mausoléu, onde agora está escrito: *Aqui jaz Hector Kotscho, nascido na Cracóvia em 1930, e morto em São Paulo em 1998*. A violação foi denunciada à polícia civil; Celina e o coveiro foram indiciados no código penal pelo crime de violação de sepultura e ficaram em maus lençóis. Até que a partilha se resolvesse, foram ainda necessários muitos meses, quase dois anos.

Tudo o que estou quase acabando de ler e transcrever está aqui, no Livro dos Ossos; o que está aqui escrito é novidade para mim – refiro-me aos fatos, pois a alma da minha amiga permanece intacta e eu só poderia esperar este comportamento e atitudes de uma mulher forte como ela, uma mulher independente e que sempre soube o que queria, mesmo quando suas atitudes foram contra outros sentimentos tão próprios e legítimos, como fez tantas vezes na vida. Nessas horas difíceis minha amiga parecia usar uma reserva de energia, e o seu coração obstinado batia como um relógio; as horas eram delicadas ninfas, indiferentes ao sossego e ao infortúnio. O Livro dos Ossos conta também com uma segunda parte, a qual ainda não li, deixo para transcrevê-la depois, estou cansado. O calor aqui em Xapuri está muito forte, tudo indica que vai chover.

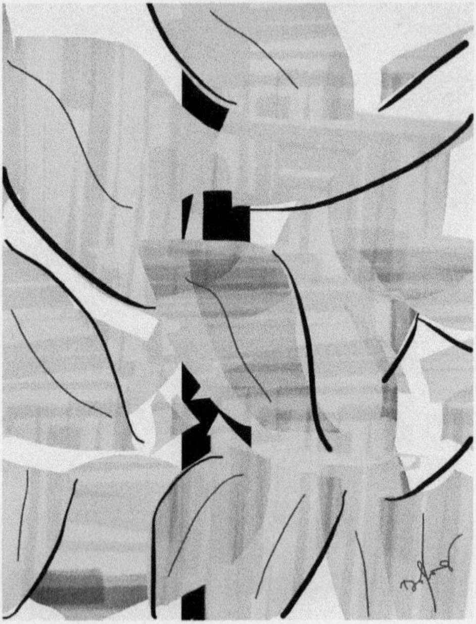

MEU AMOR, ESSA MÚSICA, QUE OUVIMOS, SÃO ECOS DO BARULHO INICIAL

Estamos almoçando em uma das varandas suspensas do hotel, que deixa ver um enorme mogno da Amazônia, com seus tons e semitons de verde. Vez por outra, raios de luz finíssimos atravessam a folhagem, numa dança que chega até o chão de madeira, amornando o ambiente. É fevereiro de 2020, faz alguns dias que Doralice chegou de Capital, e faz seis meses em que eu lá estive cuidando dela. Desde que voltei tenho lido muito os seus escritos, embora tenha transcrito muito pouco dos cadernos a mim confiados para dar forma à sua história, sua biografia. A eles retornei logo depois da sua chegada aqui, aos bangalôs, algo impensável por mim durante estes anos todos em que estou na Amazônia. O hotel em que estamos é formado por sete bangalôs de madeira, cada um com quarto de dormir, banheiro com chuveiro e ofurô de madeira. Cada bangalô tem também uma varanda com vista para a mata, que se abre diretamente na floresta. Os sete bangalôs são unidos ao bangalô central por pontes estreitas, dando ao conjunto uma forma radial; ele todo é suspenso do chão por toras, também de madeira. O hotel, como um todo, fica inserido na mata, com poucos espaços abertos. Nestes espaços ficam estacionados os carros dos hóspedes e os carros do próprio hotel, sendo também espaço para manobras e por onde chegam os carros vindos da estrada de paralelepípedos que vem da cidade de Rio Branco. No centro, no bangalô maior, está um amplo salão com mesas e cadeiras, com decoração simples, exaltando a beleza local e de bom gosto, como tudo por aqui, e também uma cozinha, de onde se desce, por uma escada, para os quartos dos funcionários, que ficam também suspensos, porém em outro piso.

Enquanto Doralice brinca com uma folhagem, leio e releio várias vezes os escritos da segunda parte do Livro dos Ossos, que me surpreenderam tanto e a tal ponto de eu duvidar se tratava-se do mesmo livro cuja primeira parte eu mesmo transcrevera. Assim que chegou aqui aos bangalôs, ela me pediu os seus cadernos para dar uma olhada sobre o que escrevera durante a sua luta entre a vida e a morte, quando estava na UTI de Capital. Sem fazer nenhum comentário, devolveu-me os cadernos ainda ontem, quando nos despedimos, antes de dormir. Leio-os tomando um sol morno enquanto Doralice continua brincando com as folhagens. Os escritos da segunda parte do Livro dos Ossos de tal forma me comoveram que, ontem mesmo, inspiraram-me a também fazer uns versos – se assim posso chamá-los –, os quais ousei escrever no verso da folha em que estavam os poemas de Doralice. A cor da tinta da caneta, diferente do restante das palavras da primeira parte, é preta e fresca, o que indica serem os seus poemas um escrito bem recente, e posteriores à sua chegada aqui na floresta. Diferentemente dos outros escritos, não há datas: *"A melhor coisa do mundo é ter este caderno para poder nele derramar um pouco do néctar da minha alma que urge e aspira se expandir no mundo dos sentidos"*.

Logo abaixo transcrevo os textos poéticos de Doralice:

Meu amor, essa música, que ouvimos,
são ecos do barulho inicial,
quando todas as coisas foram feitas
e vieram se ajustando, se ajustando,
a água, as estrelas, os cristais,
se ajustando.

Meu amor,
muito fogo brotou
até que reinasse essa água,
essa paz em nossos olhos,
tantos acasos,
oceanos
para que chegássemos um ao outro,
para que chegássemos a esta luz,
iluminando nossos pés.

Um homem sereno me aponta um motivo
no meio da paisagem atribulada.
Ele olha tudo sem espanto
e se instala ao relento, concentrado.
Ele sabe dos rios e do sol,
do ouro escondido na terra.
O homem sereno me recebe
com os poros abertos,
ficamos lado a lado,
por uma eternidade.
Ouço um batuque de tambores primitivos.
Invoco os deuses.
Brota em mim uma aceitação de tudo.
Olho para os desacertos da paisagem sem revolta.
Desejo tontamente o futuro.

Não sou mais uma mulher nua,
exposta à fúria dos homens.
Sobre mim há um manto
de tecido brocado que me cobre.
Converso com o meu amado longas horas,
nos falamos com gestos delicados.

Meu sexo é esta flor.
Nenhum desejo poderá feri-la.

Voltando à nossa deliciosa manhã, leio e releio os poemas de Doralice. Meu coração bate aceleradamente, estou me encantando novamente com minha amiga... Paro a leitura e fico saboreando este sentimento tão antigo, tão atual, e tão palpável.... Diferente do que experimentei durante todo o tempo em que ficamos separados, distantes um do outro. Agora, neste momento, voltamos a misturar nossas palavras: os meus poucos vocábulos às doces e ternas palavras de Doralice. Só com ela isto acontece; a confiança de que, ao nos falarmos com as próprias palavras, não desapareceremos um no outro, pois há o respeito aos limites do outro e um respeito às palavras do outro. Ah, as palavras!

Doralice parece adivinhar o que se passa em minha mente. Pausadamente, com muita calma, ela me diz:

- Cada vez que me desnudo diante do espelho e vejo a minha cicatriz longitudinal no meu abdome, que foi o resultado da minha laparotomia exploradora, a acaricio e a louvo, pois ela é um lembrete constante de que foi através dela que a minha vida foi salva....

Estas palavras ditas enquanto leio seus poemas de amor me deixam absolutamente encantado e seduzido.

- Minha querida Doralice, eu louvo a sua presença aqui na floresta; assim, também penso que toda a flora e fauna e deusas e ninfas e todos os seres encantados a louvam! Saiba que é um sonho antigo trazê-la para este hotel, um pouco distante de Xapuri, mas com estrutura suficiente caso necessite de um auxílio médico hospitalar urgente. Oxalá, não haverá tal necessidade!

Doralice me ajuda a entrar no nosso assunto, no nosso já tão antigo assunto, embora ainda não ultrapassado, não totalmente resolvido, em forma de pergunta.

- Refere-se ao nosso sonho de trabalharmos juntos aqui, na floresta?

- Sim, eu acalentei este sonho durante muito tempo. Sonhei muitas vezes que você chegaria sem avisar e viria morar comigo... Cada experiência boa e nova que vivenciava, lembrava de você, embora nada se compare à sua presença aqui, agora. No início, este sonho era recorrente, depois ele se incorporou a mim e vivi estes anos todos com você na minha pele, como uma tatuagem... Enfim, você veio e está tudo tão vivo como antes...

Doralice afasta um pouco a folhagem, para deixar a luz chegar ao meu rosto, e quase em um sussurro, me diz:

- Você me curou com o Stramonium, Zé Mauro. Eu estava muito descompensada, não resistiria, eu ia morrer, mesmo com o êxito da cirurgia, eu não aguentaria. A minha recuperação foi surpreendente, a equipe médica reconheceu isto. Estou iniciando uma nova etapa da vida... Como vê, tenho escrito, saio um pouco para caminhar, estou encantada com a floresta, esse lugar tem uma força vital muito grande. Talvez este seja o momento certo de conhecê-lo, apesar de todos os pesares, ou mesmo por tudo isso que passei. Foi como se eu estivesse me preparando para conhecer a floresta. Estou curiosa para saber o que você está escrevendo em minha biografia;

eu diria que ela é nossa, de nós dois... Estou muito bem apaziguada nesse bangalô, com ar puro, verde, e sua presença que só me faz bem. Aqui com você estou bem, harmonizada!

Doralice continua falando, em tom suave:

- Além de tudo isso, que não é pouco, aqui há banheira e ofurô, onde posso fazer automassagem nos pés. Trouxe uma caixa com óleos medicinais, proteína vegetal, continuo me tratando, estou muito bem e tranquila. Dei uma olhada nos cadernos e achei bastante pungente o que escrevi, embora tenha uma certa leveza, se levarmos em conta o que experimentei naquela unidade de terapia intensiva. Depois quero conhecer Xapuri, a casa onde morou Chico Mendes, e sua casa onde tantas vezes pensei em ir.

- Você não imagina como é bom ouvir isso de você....

Estava quase embriagado com as palavras de Doralice quando percebo que ela nada comentou sobre o poema que escrevi com tanta paixão no verso da página do livro dos ossos, então me calo. Por que ela não se referiu ao meu poema? Às vezes me sinto como o pobre anjo traído ao qual me referi no início desta biografia. Estaria Doralice apenas brincando nos vãos dos significados das minhas palavras?... Diante do seu silêncio, inexplicavelmente, continuo:

- Li os seus poemas, Doralice, são belos! Vou levá-la à Xapuri sim, e lhe mostrarei minha farmácia homeopática, as ervas locais e as inúmeras anotações que tenho comigo. Já consegui uma essência que praticamente elimina a malária... Faz o corpo produzir uma substância eliminada pela pele que afasta o inseto vetor do Plasmodium.

- Isto é formidável!!! – ela diz.

Eu continuo com o meu discurso, agora totalmente previsível, preso, amarrado:

- Mas tenho que patentear, antes que alguém o faça. Aqui, afastado do resto do mundo, não me animo; além do mais, existem laboratórios e laboratórios também interessados na malária, desenvolvendo substâncias que a gente sabe que não têm muito compromisso com a saúde, como é o caso da cloroquina e da atovaquona, que são sintéticas, e que, dependendo da dosagem, têm efeitos colaterais que podem levar à morte. A planta que estou pesquisando e testando chama-se Amaryllis stenophylla; ao que tudo indica, só há na floresta amazônica, o que fiquei sabendo pelos botânicos que pesquisam por aqui. Na nossa abordagem homeopática, a individualidade e a totalidade sintomática característica de cada indivíduo são essenciais para a correta escolha da dosagem, o que evita efeitos colaterais, diferentemente da abordagem especializada da alopatia.

Subitamente, Doralice me pergunta:

- E os indígenas? Estou curiosa por vê-los...

- Eles quase sempre saem perdendo com o contato com os brancos.

Digo isso achando que peguei um veio do assunto que não interessa muito à minha amiga.

- É, eu ouço pela televisão, pelos jornais e pela internet, uma pena... – diz ela.

Continuo no assunto, falando quase sem freios:

- Existem honrosas exceções, mas quando o contato dá certo, logo aparecem pistoleiros enviados por grandes corporações industriais de olho nas riquezas botânicas, do subsolo e nos recursos hídricos. Quando cheguei a Xapuri, fazia pouco tempo que a missionária Dorothy Stang havia sido assassinada. Stang dedicou sua vida a defender a floresta do esgotamento pela agricultura em larga escala. Ela trabalhou como defensora dos pobres rurais, ajudando os camponeses a ganhar a vida cultivando pequenos lotes e extraindo produtos florestais sem desmatamento, o que significava um perigo para a usura dos pecuaristas, que, para criarem suas boiadas, costumam desmatar áreas extensas da floresta. Eu ajudo a preservar a floresta, todavia sou bem discreto na minha atuação, e minha profissão me protege.

- É uma imensidão isso aqui, deve ser difícil fiscalizar – disse ela.

- Sim, é fundamental andar acompanhado e ter uma rede humana de comunicação, porque a internet não funciona bem por aqui. Presto meus serviços médicos e passo certas informações que precisam chegar aos ribeirinhos, aos indígenas e às ONGs, para a nossa própria proteção e para a proteção da floresta. Contamos com a ajuda de equipes inteiras de botânicos, de arqueólogos e ONGs, mas é preciso cautela por causa dos mineradores e pistoleiros.

- Perigoso, Zé Mauro....

- Os botânicos estudam as interações químicas entre as diversas espécies da floresta nos dosséis das árvores centenárias, com muito cuidado para não interferir no ambiente, e eu aprendo muito com eles. Converso com equipes de arqueólogos sobre mudanças climáticas no passado da região amazônica, e eles dizem que em intervalos de milhares de anos a região amazônica alternou savana e floresta, e por agora temos a floresta. Aqui viveram antigas culturas, e os arqueólogos têm identificado vestígios de civilizações antigas, incluindo o sítio Marajó, no Pará, que data de 4.000 a.C. conhecido por sua cerâmica. Outros sítios têm revelado evidências de habitações, ferramentas, objetos cerâmicos e outros artefatos que sugerem a presença de comunidades ainda mais antigas na região.

Nesse ponto da minha fala, Doralice retoma o interesse pela conversa:

- Depois que tomei o Stramonium, encontrei com minha alma ancestral, em um sonho longo e reparador. Ela viveu no Peru, era uma indígena.

Confirmo enfaticamente com a cabeça que li sobre esse sonho, que sei o que se passa com ela, fisicamente, e na sua alma mais profunda. Estamos de mãos dadas, em silêncio. Alguns segundos depois, respondo, suavemente:

- Belo sonho, um encontro profundo e transcendental com sua alma ancestral. A relação dos indígenas com a natureza é de subsistência e sustentabilidade. Os povos tradicionais amazônicos ocupam essas terras há milênios, desenvolveram uma arte rupestre extremamente sofisticada, foram e são capazes de conviver harmoniosamente com a floresta que os supre. Os arqueólogos tomam muito cuidado ao darem estas informações, para não as distorcerem. O desmatamento cria savanas e precisaria de milhares de anos para reconstruir a floresta, isto sem a interferência humana. Com a interferência humana, ninguém faz ideia de como será o clima do planeta, pois a floresta é um sumidouro de carbono, ela despolui o meio ambiente, além de fornecer chuva e umidade para outras regiões. Se o homem destruir a floresta, ele vai promover mudanças deletérias para a nossa própria espécie, que agora domina os ambientes terrestres e aquáticos. Eu não posso ficar isento às tentativas de destruição desse bioma.

Damos uma pausa, respiramos o ar puro da floresta em silêncio por alguns instantes, que pareceram eternos.

- E Leopoldo?

Crio coragem e pergunto, enfim, sobre o assunto que muito tem me intrigado em seus escritos, a sua relação com Leopoldo. Doralice parece não se espantar com a guinada que dou no assunto da nossa conversa.

- Ele está respeitando esse momento meu. Não me pergunta quando voltarei para Capital. Quando consigo sinal no celular, o que tem sido muito raro de acontecer, falo com os meus filhos para apaziguá-los de que não vou ser comida por um jacaré... E que meu amigo Zé Mauro sabe como me proteger dos insetos e da malária. Quando falei isto para os meus filhos, não fazia ideia de que você estava realmente e de fato desenvolvendo, com eficácia, um remédio contra a malária, e com isso provou que eu não menti!

Doralice tenta mudar de assunto, embora saibamos que estamos tratando o tempo todo do mesmo assunto: os escritos do caderno de bordas douradas e a segunda parte do Livro dos Ossos.

- Você lembra daquele meu escrito sobre os desejos? Lembra? Eu tinha tudo planejado na minha vida, até o que desejava fazer daqui a dez anos, não é incrível? Tudo numericamente ordenado! – diz Doralice, espantada, quase eufórica.

- Você é uma mulher muito organizada! Há seis meses você estava em uma cama de cirurgia, hoje você está aqui em plena floresta amazônica, se recuperando plenamente, física e emocionalmente, não é incrível e maravilhoso? Está escrevendo um belo livro de poemas...

Sem querer, ou, melhor dizendo, realmente querendo, acabo por me referir aos últimos escritos de Doralice, os poemas.

- Um daqueles meus desejos sobre os quais estamos falando, os quais relacionei tão detalhadamente, organizadamente e objetivamente, é escrever um livro de crônicas, mas de tanto ler poesia estou escrevendo em versos... Não sei se são poemas.

- Sim, você é uma mulher desejosa, desejante, desejável... Vê, já estou fazendo poesia! Rimos os dois e ficamos alguns minutos em silêncio.

- Sempre há tempo para realizarmos os nossos mais profundos desejos, Zé Mauro...

- Sim, minha querida Doralice. Ficamos em silêncio por um bom tempo, completos, sem a necessidade de palavras.

- Vim para ficar com você, meu querido Zé Mauro.....

Demo-nos as mãos.

- Obrigado – digo.

Da varanda onde estamos não dá para ver o sol, mas vemos os seus raios por dentro da mata, as réstias, tocamos nelas, ouvindo os cânticos diurnos da mata. Dou um beijo em Doralice e, com a voz embargada, desejo-lhe uma boa tarde. Volto para o meu bangalô com os escritos do seu livro nas mãos.

Nessas últimas semanas tenho refletido sobre a minha opção de vida. Interessante que venha a me questionar sobre este assunto depois de tantos anos... E só após reatar a convivência com Doralice... Meu Deus, como nós, homens, somos lentos e vagarosos em nossas reflexões....

Ser um médico homeopata numa região considerada de extrema importância para a preservação do equilíbrio do planeta faz, inevitavelmente, com que eu me engaje nesta luta, por isso escrevo aqui, na história de Doralice, sobre a lida do povo da floresta, que é, mais do que nunca, a sua história, a história da sua opção de vida, mesmo que tardia. A busca pelas reminiscências de sua alma ancestral, uma indígena, o que me faz pensar que a busca pelo outro não é nada mais do que a busca por nós mesmos; nesse sentido, a nossa busca pela floresta é a busca por nossas raízes, por nós mesmos, e nessa busca por preservar a floresta o amor se faz imprescindível, é disso que se trata.

Só com amor podemos entender a floresta, respeitar os ancestrais. As florestas tropicais são os ambientes mais estáveis do planeta em relação a outros biomas. A constância dos raios solares nessa latitude do planeta permitiu que os seres se diversificassem, se adaptassem uns aos outros sem grandes transtornos ambientais. Derrubá-la, como vem sendo feito nos últimos anos, é um passo sem retorno para a humanidade; há no meio disto tudo uma realidade dramática da qual estamos nos aproximando sem retorno. Muitas pessoas no planeta sabem apenas do potencial bioquímico e mineral da floresta e se espalham em todos os cantos, tentando conhecê-la, mas só alguns sabem do potencial amoroso que é a floresta. A floresta é um lugar da terra onde a vida prevalece em relação ao meio inanimado. Nela, os vegetais terrestres atingiram seu apogeu em biomassa em relação às espécies aquáticas de todos os outros reinos.

Os indígenas sabem que foi preciso muito tempo para a floresta atingir o ponto atual, em que estamos. Os ribeirinhos estão conscientes da importância da floresta em pé e sabem que a criação de animais para consumo é uma prática extraordinariamente agressiva com o meio ambiente, mas não têm muita alternativa quando começa a circular o dinheiro das empresas. Por isto a missionária Dorothy incomodava os governantes locais, os lacaios do poder: ela proporcionava uma alternativa de sobrevivência aos ribeirinhos. Para se ter uma ideia, a agricultura para exportação e para o uso por animais consome mais água do que qualquer outra atividade humana, e muito da produção agrícola se destina ao consumo de animais, um terço das terras agricultáveis é usado para o plantio de ração animal; este é um dos motivos por que os animais de corte são prejudiciais à floresta. Além de tudo, os gases emitidos por bovinos aumentam o efeito estufa da Terra.

Todavia, se eu for dizer isso desta maneira, com estas frases, para os ribeirinhos, eles não vão entender, ou melhor; para eles, eu não os estou entendendo, por não estar oferecendo uma alternativa de sobrevivência. Eles não são burros, e por eu lhes oferecer tratamento médico, me respeitam e me ouvem. Os seringueiros extrativistas, assim como os pequenos agricultores, não promovem desmatamento, mas os grandes pecuaristas e a agricultura em grande escala para exportação, sim. A região amazônica sempre foi alvo da usura capitalista, desde o *boom* da borracha no início do século passado. Pouco depois do assassinato da missionária Dorothy, os seringueiros se reuniram em sindicato para protestar contra o desmatamento. Os embates contra as derrubadas consistiam na reunião de seringueiros e suas famílias nas próprias áreas ameaçadas de desmatamento; os manifestantes se colocavam em frente aos peões e suas máquinas para impedir o prosseguimento das derrubadas. Algumas organizações ambientais perfuravam os troncos das árvores com parafusos, visando quebrarem as motosserras e impedirem ou dificultarem – ou mesmo conscientizarem – os trabalhadores motoserristas. Daí começaram os assassinatos dos líderes sindicais. Primeiro Wilson Pinheiro, em 1980, morto na sede do sindicato. Em 1983, Chico Mendes foi eleito presidente da unidade sindical de Xapuri, sindicato formado por ele. A questão dos seringueiros tomou uma grande repercussão nacional e internacional, aumentando a tensão nos seringais.

Acredito que vim para Xapuri influenciado um pouco pela cobertura dada pela imprensa ao trabalho de Dorothy Stang, à época. Os jovens são muito arrebatados pelos ideais.

Mas, como já disse, as palavras me salvaram, através de Doralice. E continuam me salvando, ao escrever sobre a floresta e sobre a vida de minha amiga, usando as palavras, tão escassas, aqui na Amazônia. Aqui os idiomas se misturam e a gente acaba se comunicando com poucas palavras em comum.

Voltando à questão dos seringueiros, a extração da borracha era pautada por relações desiguais, que geravam miséria. Em seu sistema de troca de mercadorias pelo látex, o endividamento dos seringueiros era constante. Jornalistas de todo o mundo vinham com frequência a Xapuri. Chico Mendes estava jurado de morte por pistoleiros. Ele sabia da importância da sua luta e não arredou o pé da sua casa no povoado. Em 1988, foi morto.

Suspiro fundo como se isso ativasse a minha memória e esclarecesse a minha opção de vida pela floresta. Quero deixar claro, também, que tenho podido sobreviver aqui na floresta, em boa parte, graças aos aluguéis dos apartamentos que possuo no Rio de Janeiro, e a uma irmã maravilhosa que cuida de tudo para mim, caso contrário não poderia viajar quando preciso. De repente, me sinto mais inteiro, mais calmo, parece que agora estou olhando e vendo tudo em volta, sem mistificação. Como se minha lente grande angular estivesse se tornando uma lente objetiva... O meu bangalô aqui no hotel é muito simpático. Tomo um banho, como uma fruta e volto a contar a história da minha amiga, sentado na cama com as pernas cruzadas e o meu laptop sobre estas. Venho fazendo isto, passo a passo, com a leitura dos seus escritos. Adormeço...

Acordo assustado como se me estivessem chamando para continuar lendo a parte dois do Livro dos Ossos.

Tu, essa música,
vinda de lugar que não pondero
transitas sem limite em meu ser
feito um sonho, um desejo primitivo.
Tu, um lago denso,
negro,
que não consigo ver as águas mais fundas,
onde guardas esta força,
incomensurável,
que me sustenta em tuas margens.

O que foram fazer em Esparta
aqueles homens doces,
enquanto mulheres os esperam na floresta
para colher frutos,
olhar o lago sob a luz da lua,
pisar a relva florida de sol?
O que foram fazer em Esparta
aqueles homens doces,
se há mulheres esperando na floresta
para buscar água, tecer fios, ao lado deles?
O que foram fazer em Esparta aqueles homens doces,
se mulheres os aguardam em suas tendas
com as mãos acesas?

----

*Sou um ouvido enorme
atento a canções de amor.
Meus dedos são motos incansáveis
tecendo as horas.
Neles há um anel, um homem que me acompanha.
Meço o tempo no espelho com olhos abismados,
inquietantes,
o amor cintilando no fundo das pupilas.
A luz que mostra ao meu amado,
este meu amor, a minha pele macia
é a clara luz do dia.*

Sim, são poemas, belos poemas da minha amiga! E sim, são posteriores à sua chegada aqui, aos bangalôs. Estão sendo escritos para mim e por mim, ao transcrevê-los; é o que penso, é o que eu gostaria que fosse. Ah, Zé Mauro! Será que você mudou tanto assim? Pego uma caneta e, pela segunda vez, começo a rabiscar no verso dos escritos mais um pretenso poema para Doralice.

*Tua ausência me faz largo,
sem ribanceiras,
um rio a se perder na planície,
um rio perdido, uma quimera...
Uma besta fera, tua ausência*

quer me engolir.

Antes desses últimos acontecimentos em nossas vidas, nunca me havia permitido parar e pensar na despedida de Doralice no aeroporto em Curitiba, há tanto tempo, quase um quarto de século ou mais, como estou me permitindo fazer agora. Está ficando claro que sou meio turrão e um tanto quanto orgulhoso, no entanto estava sempre pensando nela. A sua lembrança me acompanhava, do jeito como eu a conheci em Curitiba. O que se passou naquele aeroporto ficou trancado comigo até este momento em que escrevo estas palavras. Antes de ir a Capital, recentemente, antes de reencontrar minha amiga, talvez, se eu parasse para pensar, não suportasse tamanho desatino. Para sobreviver à sua ausência, tive que olhar para fora, trabalhar muito, demandar outros sentidos que preenchessem o meu vazio. Só agora vejo como tudo isso me deixou marcado....

Sem saber por que, volto à leitura dos versos que rabisquei no verso destas páginas da segunda parte do Livro dos Ossos, aos quais Doralice não se referiu durante nossas conversas:

Bolero

Dançar contigo
juntar antigos pedaços
de mim

Girar

Olhar dentro dos teus olhos
de olhos fechados
pedindo perdão
de tanta felicidade

Como um cão farejador, volto ao caderno, o de bordas douradas. Estou precisando saber o que se passou, realmente, com minha amiga antes dos infartos. Abro precisamente nesta página, onde está escrito:

Abril de 2019. É tudo tão superficial com Leopoldo, uma tábua rasa. É tudo para fora, para o mundo, denso, pesado. Transitar entre dois mundos é realmente uma arte extremamente especializada, a linha que os separa é tão tênue! Tem que ter um sentir muito calmo e aguçado, e saber transpô-la com maestria sempre que precisar de um refúgio seguro, da suavidade dos anjos.

Paro a leitura neste ponto, questionando-me quanto ao porquê de abrir o caderno justo nesta página... Por que voltei ao caderno de bordas douradas? Eu estou lendo a segunda parte do Livro dos Ossos! Mas continuo a leitura do caderno de bordas douradas, sempre farejando as páginas, até chegar ao mês de agosto, depois da terceira cirurgia, antes de eu retornar de Capital.

Agosto de 2019... Onde eu permaneci por tanto tempo escondida? Não SENDO, só FAZENDO, os meus anseios sempre acabaram em um chão árido, em ouvidos moucos das minhas reais necessidades. Nada do que eu digo ou desejo tem eco, só contraposição, tudo parece tão errado, o que eu penso, o que eu desejo, o que eu necessito...! Estou tão perceptiva nesse pós-infarto que vejo, com um pouco de autocomiseração, a minha situação relacional, parece algo tão tosco...! Santo Deus, não sei como resolver algumas coisas tão profundas, a minha dor eu não consigo compreender. O que são esses arroubos agudos da minha mente e do meu espírito? São ímpetos, desejos, pensamentos e sensações que não sei de onde vêm, só sei que preciso freá-los, para pelo menos tentar compreender, abrandar essa chama que chega de repente e me toma, me absorve completamente!

O que estou tentando justificar ao ler e transcrever a relação de Doralice com Leopoldo? Doralice veio ficar comigo! Que bom que muitas das reações típicas de um indivíduo Stramonium, como ela, se deram de algum modo na forma de escrita, caso contrário, não sei o que seria.... Também não sei o que seria de mim sem Doralice. Adormeço por um bom tempo, acordo com o interfone, é Doralice me chamando para tomarmos café em uma das belas varandas do hotel.

Me pergunta se trouxe o Livro dos Ossos. Digo que sim e, tentando disfarçar o meu interesse, pergunto:

- Você o quer?

- Sim, como disse, continuo com os meus escritos...

- Sim, belos escritos, faz tempo que você escreve poesias...? - Prefiro não tocar no assunto de Leopoldo, dos seus problemas conjugais.

- Estou escrevendo depois da dose de Stramonium que você me deu.... É um dos meus objetivos de vida, lembra? Escrever um livro de crônicas ou uma autobiografia. A biografia você está escrevendo e eu... Acho que estou escrevendo um livro de poemas....

Doralice novamente não se refere ao meu poema. Por quê? Entrego o livro como um objeto precioso, ao mesmo tempo desejado e proibido, e misterioso. Mudamos de assunto rapidamente, como se tivéssemos sido pegos em uma travessura.

Tomamos o desjejum conversando animadamente, relembrando o tempo em que estávamos em Curitiba, quando falávamos sobre todos os assuntos do mundo nos intervalos das aulas. Foi um período intenso, no qual experimentamos revoluções internas, todos nós, que participamos do curso. Agora, neste momento, parece que recuperamos o vivo interesse pelas coisas, o nosso vivíssimo interesse pelas coisas do mundo, enquanto caminhamos sobre as pontes de madeira entre os bangalôs, respirando o oxigênio da mata. Explico a Doralice cada folha, cada nervura, cada flor, tudo que aprendi, o amor que transmutei em estudo, em trabalho, o qual está aqui entre nós, em forma de palavras escritas e palavras faladas, nos envolvendo. Sem perceber, estamos de mãos dadas, estamos namorando, enlaço a cintura de Doralice e entramos em comunhão um com o outro, com a floresta.

A HISTÓRIA DE DORALICE

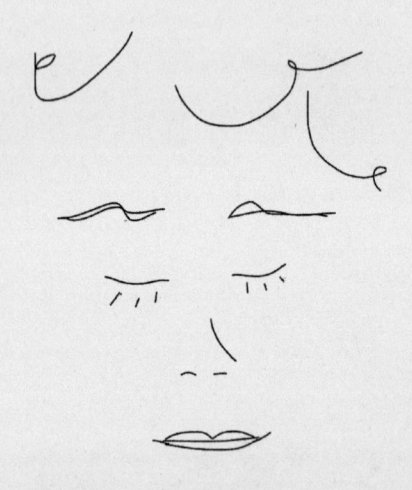

O VÍRUS

Como um raio, o gerente do hotel se coloca entre mim e Doralice e comenta, assustado, que está havendo uma pandemia de um novo vírus sobre o qual pouco se sabe, apenas que sua transmissão se dá pelo contato com superfícies contaminadas e que sabões, detergentes, e álcool os eliminam. Com a respiração acelerada, ele continuou:

- Fiquei sabendo pela Rádio Nacional da Amazônia... Às vezes conseguimos sintonizar daqui dos bangalôs. Vim avisar porque vocês são médicos e este assunto pode interessá-los. Afastou-se abruptamente, do mesmo modo como havia se aproximado. Esperamos o gerente sair pelo corredor que dá acesso ao bangalô central, patéticos com o que acabávamos de ouvir. Logo lembramos da gripe espanhola, do que sabíamos e não sabíamos sobre epidemiologia. Digo a Doralice que eu já tenho certa experiência epidemiológica aqui na Amazônia, com as populações indígenas e ribeirinhas.

- Que coisa estranha desse gerente, vir falar abruptamente sobre uma pandemia... E depois sumir desse jeito... – diz Doralice.

Paramos um pouco e nos sentamos novamente na varandinha.

- Doralice, você tem que se proteger, evitar aglomerações. A princípio, os bangalôs são um local seguro, mais isolado do que as cidades e povoados.

- Não consegui falar com os meus filhos nas últimas semanas. Se isto for verdade, eles devem estar acompanhando as notícias pela televisão e pela internet, querendo saber de mim. Preciso contatá-los o mais breve possível, mas acho que devo permanecer aqui, posto que pegar um avião não seria aconselhável numa situação pandêmica cujos vetores do vírus ainda desconhecemos totalmente. Eu me exporia demais, mas me preocupo muito com eles....

Tento absorver o que Doralice acaba de dizer, continuo o assunto:

- Temos que aguardar um pouco. Ainda não sabemos se o vírus já chegou ao Acre, à floresta, não dá para confiar no que o gerente está entendendo sobre este assunto. Aqui nestes bangalôs praticamente temos você e eu como hóspedes, e os empregados do hotel. Não há rios por perto, nem ribeirinhos vivendo em palafitas. Acho que devemos usar máscaras cirúrgicas para proteção, caso o vírus se dissemine também pelo ar. Vou solicitar ao gerente que providencie as máscaras cirúrgicas, muito detergente e álcool 70º para o hotel, para que sejam lavados com água e sabão todos os alimentos, tudo que venha a ser manuseado.

Fomos dormir cada um em seu bangalô sob o impacto do que nos disse o gerente do hotel, pensando em como nos protegermos. Fico sem conseguir pegar no sono: *Sob hipótese alguma Doralice pode ser infectada, em hipótese alguma! Mas precisamos ter mais informações sobre esta pandemia, ainda não sabemos os sintomas provocados pela presença do vírus, e acho que isso é o que devemos pesquisar, primeiramente, pois se ficarmos aqui, paralisados, o vírus chegará até nós.*

No dia seguinte, nos encontramos no café da manhã.

- Essa pandemia não estava nos planos, Zé Mauro, mas lembrei que desde o fim do ano passado já causava problemas na China, vi algo parecido na televisão, muito rapidamente, um flash. Parece que um vírus desconhecido se transferiu de animais expostos em feiras livres para os humanos na cidade de Wuhan. A imprensa brasileira não deu destaque às notícias para não atrapalhar as festas do fim de ano – do ano recém-terminado – e o carnaval deste ano de 2020.

Doralice balança a cabeça como que reprovando o descaso da imprensa e do desgoverno brasileiro em omitir o que se passava na China há tão pouco tempo, evitando assim que o próprio governo e a população tomassem medidas de proteção. A verdade é que não sabemos nada sobre a transmissibilidade nem sobre a letalidade desse vírus. Retorno ao assunto da pandemia:

- Nós dois sabemos que a chegada de novos hóspedes e o aumento do trânsito de pessoas pelo hotel não é aconselhável, e evitável, mas preciso ir a Rio Branco me informar melhor sobre a pandemia... Se ela já chegou à região do Acre. Vou tomar os meus cuidados, estou preocupado com você.

- Não se preocupe comigo, estou muito bem hospedada, este hotel é um paraíso suspenso. Vou ficar quietinha escrevendo e tentando sinal de internet para falar com meus filhos, quem sabe a gente se comunica.

Despeço-me de Doralice com um beijo no rosto e entro no carro do hotel, que me levará a Rio Branco. São oito horas de viagem dos bangalôs até o centro de Rio Branco. Chegamos no início da tarde, compro os jornais do município e jornais do Rio de Janeiro, São Paulo. Fico chocado ao saber que o vírus SARS covid-19 não apenas chegou ao Acre como encontrou terreno fértil na região amazônica, onde está havendo um aumento exponencial no número de casos, tanto nas cidades quanto nos interiores da floresta. O número de doentes e de óbitos ultrapassa a capacidade das unidades de terapia intensiva; já não há leitos disponíveis. Compro todos os jornais ainda disponíveis na banca, e à medida que os leio fico sabendo que o governo federal estabeleceu quarentena para a população, forçando a maior parte do comércio a fechar suas portas, e os habitantes a permanecerem em suas casas. Além da quarentena foram decretadas outras medidas de isolamento, como fechamento de portos e aeroportos.

Penso que vai haver uma demanda grande por materiais de limpeza e materiais médicos, penso em Doralice o tempo todo, nos funcionários e no gerente, cada um de nós tem que ser monitorado para evitar a chegada do vírus aos bangalôs. Ciente da situação trágica, decido que o melhor a fazer é voltar para o hotel. Ao me dirigir para o carro, cruzo com um colega médico de Rio Branco; segundo ele, todos os médicos e enfermeiros das pequenas cidades e povoados do estado do Acre, incluindo os médicos de Rio Branco, estão sendo convocados para atuar no combate à covid-19, e está havendo reuniões de avaliação e acompanhamento todos os dias no Palácio da Cidade. Falo com o motorista do hotel para que me espere ali, em frente à Prefeitura, e me dirijo para lá. De acordo com os dados que discutimos na reunião e das informações que dispúnhamos, concluímos que o vírus segue o curso dos rios, e como os leitos de unidade de terapia intensiva (UTI) estão localizados em Rio Branco, isso faz com que, em algumas localidades, viagens de centenas de quilômetros em navios ou UTIs aéreas sejam necessárias para atendimento médico adequado – lembrando que os barcos que transportam passageiros diariamente pelos rios são os mesmos que transportam os doentes, facilitando, desta forma, a contaminação de mais pessoas, um verdadeiro drama para os ribeirinhos e indígenas, muitos dos quais eu conheço, são meus pacientes, pessoas amigas.

Fui designado para ir com uma equipe de médicos e enfermeiros aos povoados situados ao longo do médio rio Purus para distribuir detergentes e máscaras e cuidar dos doentes leves. Argumento que estou tratando de uma paciente em pós-operatório, com comorbidades, e não poderei me ausentar por muito tempo. O médico coordenador das atividades esclareceu que um helicóptero UTI móvel dará cobertura para um eventual transporte de algum doente grave para os hospitais, sem apontar claramente uma solução para o meu problema, mas de certa maneira ficou subentendido que eu poderia dispor do serviço de helicóptero para retornar a Rio Branco, dependendo das situações. Não tive como recusar, diante do estado calamitoso no qual os povoados estavam se apresentando aos meus olhos, rogando para que Doralice se protegesse lá nos bangalôs. Dormimos no carro, eu e o motorista do hotel, e parti na manhã seguinte em um barco com o pessoal de apoio, para o Alto Purus. Vamos de lancha subindo o rio e parando nos povoados. Frequentemente encontro com pacientes que se tornaram amigos, o que facilita bastante o trabalho de esclarecimento sobre o que é uma pandemia, sobre o vírus, como se dá a contaminação, quais os sintomas, e a indicação de ir para Rio Branco caso o estado do paciente piore. Como disse anteriormente, existem barcos de passageiros que fazem o percurso do rio quase todos os dias.

Vamos observando os casos de perda ou alteração do olfato e do paladar, febre, tosse persistente, calafrios, perda de apetite ou dores musculares, e tratando os sintomas com antitérmicos e antigripais, pois não temos outros conhecimentos sobre o vírus e nem sobre como combatê-lo diretamente. Chegamos ao último povoado à noite, nos instalamos, como fazemos em campanhas sanitárias, armamos uma tenda, colocamos o gerador de energia para funcionar, telas para nos proteger dos mosquitos e fomos dormir. No dia seguinte convenço o piloto do helicóptero a retornarmos a

Rio Branco, já que não havia doentes graves até aquele momento e "estou cuidando de uma paciente em pós-operatório nos bangalôs". A equipe continuaria a campanha de barco, e ele poderia, se fosse o caso, solicitar um outro helicóptero UTI para substituí-lo. Chegamos cansados a Rio Branco, ainda pela manhã, e de lá sigo com o motorista para os bangalôs. Ao chegar, já é noitinha; interfono para Doralice.

- Querido Zé Mauro! Graças que chegou! Já estávamos preocupados com sua demora e a demora do motorista! Continuo sem saber notícias dos meus filhos.... O tempo não passa aqui nos bangalôs, o relógio na parede prossegue indiferente às minhas preocupações. Tento sentir o passar das horas, os ponteiros seguem, mas o tempo não passa, é como se não mais existisse, o que embaça qualquer ideia de futuro. Por sorte percebo que vivo presa ao presente, como sobrevivente que sou. Relógios, ampulhetas, estações, dias e noites não passam de sinais distantes destacados do tempo. Aqui, na floresta, estou numa dimensão desconhecida. Não mais projeto meus desejos. Sonho, só durante o sono. No mais, estou em vigília. Mas, diga-me: como estão as coisas por Rio Branco?

Seguro o interfone, apertando-o contra o ouvido, pensando comigo que Doralice nunca vivenciou uma pandemia; não tem a menor noção daquilo que fiquei sabendo e daquilo que vi nesse último dia. Sinto uma vontade imensa de abraçá-la, de protegê-la. Vi com os meus próprios olhos o que é uma pandemia e quais as dificuldades em combatê-la na nossa Amazônia, tão complexa e sem recursos. E respondo:

- Este é um lado da floresta que aprendi a conhecer aos poucos, o tempo não passa, ele se acumula em consciência... Aos poucos você verá como funciona a Amazônia. Demorei porque fui convocado para acompanhar a distribuição de material e divulgação de medidas sanitárias para as populações ribeirinhas do alto Purus, não tive como recusar, afinal, são os meus pacientes, de quem venho cuidando durante todo o tempo em que vivo aqui, e tenho muita experiência no contato com os indígenas, o que facilita a abordagem e o trabalho; algumas aldeias são difíceis de aceitar as medidas de higiene. Eles não veem muito sentido em combater um organismo que eles mesmos não enxergam, preferem apelar para a pajelança. Deixei claro para a equipe que estou cuidando de uma paciente em pós-operatório, com comorbidade. Voltei no helicóptero da prefeitura, trazendo comigo algumas máscaras, antitérmicos, termômetro, oxímetro, caso haja contaminação dos hóspedes e empregados. Acho que não devo sair do meu bangalô, não devo encontrar você, isto a colocaria em risco, bem como também ficaria em risco o pessoal do hotel. Vou ficar em quarentena aqui, no meu bangalô, não sei se fui contaminado...

- Nem todos no hotel estão usando máscaras. Fiz uma pequena reunião com o gerente, colocando-o a par dos riscos caso não se colocasse em prática as medidas adequadas de higiene. Aconselhei-os, todos, a trocarem de máscara duas vezes ao dia, e a lavarem as mãos ao trocarem as máscaras. Acho que eles não têm a exata dimensão do problema por estarem afastados de tudo, aqui nos bangalôs. Lavar com água e sabão tudo que é manuseável, como pacotes, caixas, alimentos, parece exagero de minha parte. E passar álcool em todas as superfícies, como mesas e cadeiras! Ele agradeceu as informações, dizendo que terão todo o cuidado necessário para manter em segurança os hóspedes. Acrescentei com bastante ênfase que os empregados do hotel, todos, devem estar em segurança, não apenas os hóspedes!

- Você fez bem! As medidas sanitárias que o ministério da saúde está recomendando são exatamente essas. Vamos ficar o mais isolados possível. Doralice... Tenho pensado muito nas nossas palavras, escritas e faladas, e no que você sentiu neste último dia em que estive fora, acho que tem a ver com a solidão. Fiquei pensando comigo que solidão é uma palavra sem arestas, para saber seu significado, só com uma base própria de amor. A própria palavra tem muito a ver com solidão; elas se sustentam. Não sei se é adequado falar sobre isto em plena pandemia, mas não sabemos do amanhã, portanto, temos que dizer tudo agora! Da solidão, passa-se a vida fugindo, da fera, como diz Erasmo. E na fuga abandona-se muitas possibilidades de encontros, encontros fortuitos, amores tortos, grandes e belos encontros, assim é a vida. Mas não precisamos temer a fera. Acho que foi para este momento que eu optei por vir para a Amazônia, lá atrás, quando ainda éramos jovens: para este encontro. Às vezes não sabemos o porquê de certas decisões na vida, agora estou sabendo por que eu tomei o avião há quarenta anos em Curitiba e vim para a Amazônia. Você estava lá e você está aqui, uma vida inteira passamos separados e você continua sendo um motivo forte para mim, o meu motivo, você faz parte de tudo isso! Vivenciamos, cada um a seu modo, a solidão, os amores tortos... Estou feliz com sua presença aqui... Mas... Voltando à pandemia, não vamos nos ver por uns dias. Já falei com o gerente para isolar também o motorista, ele tem estado muito exposto ao vírus. Vou tomar um banho e interfonarei para você mais tarde, para te pôr a par de tudo.

Tiro toda a roupa e ponho em um saco plástico, tomo um banho demorado com muito sabonete, lavo o banheiro com detergente pensando nos ribeirinhos que não tem condições sanitárias para se defenderem do vírus na imensidão da Amazônia, adormeço debaixo do chuveiro, acordo, me enxugo, me visto e peço pelo interfone para deixarem um suco de cupuaçu na minha porta. Fico deitado na cama pensando e tomando o suco de cupuaçu. Foi um dia difícil, cheio de incertezas, mas ainda bem que não encontramos nenhum caso grave nos povoados nem nas aldeias que visitamos; muitos moradores estavam totalmente desavisados desta pandemia, mas assimilaram bem as informações. É quase impossível que eles higienizem as superfícies de contato para evitar a transmissão; o que fizemos, em realidade, foi informá-los dos sintomas a usar os antitérmicos, e, se não resolver, ir para Rio Branco, para um hospital. Muitos também já fervem a água antes de beber e usam sabões e sabonetes como resultado de campanhas anteriores de higienização e prevenção de doenças. Nós distribuímos bastante sabão e sabonete e álcool 70º na campanha de ontem. Depois de descansar um pouco, interfonarei para Doralice.

- Querida amiga, tenho a obrigação de mantê-la informada sobre a pandemia.

- Claro, Zé! O que está acontecendo?

- A covid entrou pelos rios, gerando surtos epidêmicos nos ribeirinhos e aldeias indígenas. Nesse momento de enfraquecimento da política indigenista, de controle das epidemias, as quais são comuns aqui na Amazônia, as estruturas e os distritos de saúde são insuficientes para salvar vidas. Tudo está sendo feito com pouco planejamento, a toque de caixa. Não é possível deter o vírus, nem é possível tratar a todos.

- Como está a situação dos hospitais de Rio Branco?

- Muito precária, não há mais leitos disponíveis nas unidades de terapia intensiva, nem enfermarias, os doentes se acumulam pelos corredores... Esta é a situação no Brasil inteiro, só que aqui, na Amazônia, o acesso à informação, como você sabe, é muito precário, e as distâncias dos hospitais e centros médicos é muito grande.

Sei que estou dizendo uma coisa grave para Doralice, que, sobre hipótese alguma, pode ser contaminada, mas ela precisa saber. Continuo falando como se estivesse me desculpando:

- A interiorização da presença do Estado brasileiro na Amazônia se deve em grande parte aos serviços de saúde pública para o combate às chamadas endemias rurais – como malária, leishmaniose, doença de Chagas, brucelose, febre amarela, esquistossomose, ancilostomose e outras doenças – que, como sabemos, têm motivado gerações de cientistas e sanitaristas no controle de doenças na região.

Doralice ouve atentamente cada palavra do que digo, dá um longo suspiro e comenta, como se estivesse me apaziguando:

- Querido Zé Mauro, suas palavras de hoje à tardinha, anteriores a estas dos problemas endêmicos daqui da Amazônia, sobre a solidão que senti aqui no meio da floresta, sem notícias de você, me deixaram comovida. Sim, a solidão se sustenta, por si mesma, e amo você mais ainda por saber disso, desse amor-próprio que você tem, o qual distribui nas mínimas coisas que faz. Preciso dizer isto antes de continuarmos esta conversa sobre a pandemia, são tantas coisas acontecendo conosco... Estamos tomando as medidas precatórias e, por enquanto, estamos protegidos desse vírus, mas tudo pode acontecer! Só peço que quando for à Rio Branco, da próxima vez, telefone para os meus filhos, vou te passar os números.

- Vou ficar de molho por 15 dias, esperando que não me aconteçam sintomas da presença do vírus. Aproveitarei estes dias para ler a segunda parte do Livro dos Ossos e para continuar escrevendo a sua biografia.

- Vai dar tudo certo.... Vou ficar tentando falar com meus filhos...

Na manhã seguinte, já bem descansado, retomo a leitura do Livro dos Ossos. Abro na página a qual transcrevo agora.

Estou fazendo uma corte a você? Ou é você que deve me fazer a corte? Estamos nos aproximando devagar para que eu comece a debulhar aqui toda a minha alma. Sou La Loba, a catadora de ossos nesse momento, por isto você terá de registrar isso tudo, o que viu de mim,

juntando os meus ossos, e ao fim e ao cabo dançar e cantar para que
eu possa enfim reviver, respirar e correr para a floresta, sentir a mata.

Doralice me deixa sem palavras, mas tenho que colocar em palavras o que estou sentindo.

O amor tem mais de sete faces,
que não se revelam facilmente.
Uma bailarina me aponta o pé esguio,
vejo você. Os girassóis apontam:
Vejo você, vejo você desde sempre,
em todas as faces.
Afinal o mundo gira,
meu amor.

O mundo sabe ajustar as pedras
e os grãos
para construir rochas e muralhas
sem sentido

Os homens sabem muito bem
tecer fios e palavras
para construir mantas e ideias
sem sentido

O mundo também sabe destruir as pedras
e os grãos, as rochas e as muralhas

Os homens sabem também
desfazer fios, palavras, destruir ideias

O mundo e os homens
sabem ser bons ou cruéis
com quem acha um sentido
nas rochas ou no pensamento

Eu, do meu lado
não estou ocupado
com o sentido de nada

aqui deitado nos seus braços

Estou tão ouriçado com o último escrito de Doralice que escrevi o meu poema sem reparar que ela escreveu outras palavras, as quais transcrevo aqui.

Tenho observado que durmo muito melhor depois do orgasmo, adormeço facilmente, entro no mundo do sono de forma gostosa e relaxada, não fico brigando com o travesseiro e com os lençóis!

Passaram-se os quinze dias, e o Livro dos Ossos transita velozmente entre os nossos quartos, com todos os cuidados do mundo por conta da pandemia. Com muita sorte, sem que eu apresentasse algum sintoma da covid-19, conversamos eu e Doralice, todos os dias, mais de uma vez por dia, pelo interfone e pelo nosso correio particular. Estou bem mais calmo agora, já posso convidar minha amiga para conversarmos presencialmente; depois de tantos anos, não vai ser um vírus que me privará de sua presença, que me é muito cara. Continuamos de máscaras e passando álcool nas mãos de vez em quando. Estamos sentados na varandinha que dá para o mogno.

Doralice toma a iniciativa da conversa.

- Enquanto você estava de quarentena pensei muito naquilo que você falou sobre como obter a tintura-mãe de Amaryllis stenophylla, e sobre os bons resultados que vem obtendo na prevenção contra a malária.

- Sim, ótimos resultados.

- Você já pensou como seria interessante apresentá-los em um Congresso? O próximo Congresso Internacional de Homeopatia será na Índia....

- Sim! Certamente seria uma ótima oportunidade de mostrar esse trabalho, o trabalho de uma vida. Estamos em março de 2020, quando será este congresso? –

pergunto, dando-me conta de que a presença de Doralice vai me envolvendo, com muita suavidade.

- Está marcado para outubro de 2022...

- Acredito que daqui para lá a pandemia já terá arrefecido... Os dados dos meus estudos de caso estão aqui comigo, no laptop... Assim como fotografias da planta, precisamos de alguns programas estatísticos para tratar estes dados usando o laptop, teremos que comprar via internet. Temos também que ficar tentando acessar o site do congresso para obter as regras de edição dos trabalhos... Mas, enquanto isso, podemos discutir os dados e já ir produzindo um texto preliminar. Ir para Rio Branco neste momento está impraticável... Acho que estou meio atrapalhado com isso tudo que está acontecendo...

- Vamos pedir algo para beber, você quer um café?
- Acho que vou pedir uma cerveja...
- Eu também quero uma!

Doralice me acalma, penso nisso e sempre me surpreendo... Mudamos para assuntos mais amenos. Conta-me sobre o quanto ama os filhos, e também sobre a sua primeira experiência dupla, como mãe e como médica, ao socorrer seu próprio filho, sangrando, após um corte no joelho. Disse-me que suas pernas tremiam e que ficou sem saber o que fazer, até que tomou coragem e tratou do ferimento. Falou de suas muitas viagens, dos congressos, rimos bastante. Falo sobre a minha experiência com os ribeirinhos, que estou falando uma mistura de tupinambá com yanomami, português, inglês e até sueco, tudo misturado! Rimos bastante. E eu, que quando nos conhecemos não falava mais do que aquilo que havia nos livros didáticos de homeopatia! Haja memória... Continuo:

- Até eles riem, os indígenas! Descobri que quando duas pessoas querem se comunicar, elas quase prescindem das palavras, mas isso não vale para todas as ocasiões, há ocasiões em que se depende muitíssimo delas. De todas as maneiras, fazemos muitas amizades, mas só me aproximo quando já cuido ou cuidei de alguém do povoado ou da tribo, por iniciativa deles. É uma medida necessária para sobreviver aqui na floresta. Participo de festas nas aldeias, algumas tribos permitem. Quando penso que estas pessoas bravas, corajosas e nobres estão totalmente impotentes, sendo vistas como analfabetas bobas, sem poder combater um vírus, que eles não veem, me dá um aperto aqui dentro – digo isso apontando para o peito. – Certamente que eles têm uma explicação imaginária, fantástica para estas doenças, mas alguns deles sabem que existem formas de combatê-las, que os brancos conhecem, que eles não têm acesso, é um encontro desigual de culturas, no qual eles saem quase sempre perdendo. Nossa cultura é tecnologicamente mais desenvolvida, e resolvemos certos problemas de forma mais rápida e eficaz. Por outro lado, a nossa fé, imaginação e o sentido do sagrado quase que desapareceram da nossa sociedade. Ficamos perdidos à mercê do mercado e da gana por lucro, eternamente insatisfeitos em busca de um desenvolvimento que tomou um rumo bárbaro...

Mudo um pouco o assunto, conto as muitas aventuras com onças, jaguatiricas e outros animais, e falo sobre o cuidado para não me perder, deixando marcas nas árvores do caminho, como os antigos faziam. Tudo isso aprendi com os indígenas e com os ribeirinhos. Aprendi também a confiar, a entabular uma conversa com um desconhecido armado de revólver, quando cada palavra sua pode ser fatal... Aprendi a não ser fiel à verdade. São muitas vivências para compartilhar, e assim as horas vão passando. Peço licença para ir ao meu bangalô, Doralice me pergunta se pode levar consigo o Livro dos Ossos.

- Sim, claro! Boa noite, Doralice.
- Boa noite.

No outro dia pela manhã peço que deixem o café da manhã na minha porta, e eis que junto está o Livro dos Ossos. Depois de muito me espreguiçar, recomeço a sua leitura.

Quero te dar esta calma
que tu mesmo me deste
e que busquei sob as pedras e achei.
Quero te dar este amor que tu mesmo me deste,
visível rede trançando nossas mãos.
Quero ficar junto a ti,
menina, flor, serpente,
te protegendo, menino.

Se colho flores e sorrio,
tu me acompanhas e ajudas a distribuí-las.
Se sob os meus pés há pedras e choro,
feito um chinês, me ajudas a removê-las.
És uma raiz, tu me fincas à vida.
Tu estás fincado no meu coração.

Ah, Zé Mauro, você está vendo coisas onde não existe???, pergunto-me, deitado na cama, olhando para o teto, com uma leve convicção de que estou enganado. Os últimos escritos de Doralice são apenas poemas... Zé Mauro.... Mas ela me disse com todas as letras que veio para ficar comigo aqui na floresta...! Ela me escreve lindos poemas de amor...! Me transporto para um sentimento que não sei qual é. Esta pandemia, a presença de Doralice, estão ressignificando toda uma vida, toda uma opção de vida, tanto minha quanto dela, de nós dois. Escrevo mais uma vez para ela no verso da folha, nesse diálogo paralelo que vamos travando silenciosamente:

> *Dia após dia percorro o labirinto de tuas palavras*
> *para matar os demônios que me aliciam,*
> *mas não encontro razão para isto.*
> *Os cavalos não dão trégua, Doralice,*
> *não posso parar nos regaços e viver.*
> *Os cavalos estão resolutos.*
> *Me tragam com suas crinas para o labirinto.*
> *Viver tem suas exigências.*

Não tenho uma ideia clara sobre o que escrevi, sei apenas que estas palavras saem de um misterioso discernimento das emoções que se concretizam nas palavras, parece meio paradoxal, mas não sei bem a ordem desse lindo fenômeno. Só sei que quase posso pegar nas palavras... Tão nítido é o sentimento que me faz escrevê-las. O mesmo mistério que me tomou quando conheci Doralice, que cerca tudo em volta dela... Lembro que em nossas conversas ela continua sem se referir aos meus poemas, não sei o porquê, só sei que isto agora não tem a menor importância...

Marcamos de nos encontrarmos no dia seguinte, na varanda próxima ao meu bangalô, onde costumamos conversar. Sem que me peça, entrego o Livro dos Ossos. Sinto uma atração pela minha amiga e ela por mim, não podemos tocarmo-nos, nem beijarmo-nos, o que aumenta ainda mais o desejo que sentimos um pelo outro. Sabemos que um dia essa pandemia vai passar, temos todos os motivos para seguirmos. Estamos ambos aproveitando o tempo para escrevermos, também, os nossos poemas. O livro vai e volta várias vezes, assim como nos encontramos várias vezes na varandinha para namorar. Mais uma vez o livro retorna às minhas mãos... Nele está escrito:

Deixa-me procurar, por favor,
aquele cujo rosto apalpei
o amor norteando meus dedos.
Aquele por quem me tornei forte
e aprendi a enveredar.
O homem para quem aprendi a dadivar.
Deixa-me indagar pela noite pelas cidades, por favor.
Sobre o homem que cantarei até o último dos meus dias,
este canto triste.

Não há de ser triste o teu canto, querida Doralice. Escrevo no verso da folha.

Passam-se várias semanas dentro de uma certa normalidade, e Doralice conseguiu ter notícias dos filhos e de Leopoldo. No hotel todos estão isolados, o tanto quanto possível, mas um dos motoristas, chamado Das Chagas, vem apresentando febre alta há dois dias Tenho que atendê-lo, dar um antitérmico e fazer algumas perguntas, tentando rastrear uma possível presença do vírus dentro dos bangalôs. O interfone toca, é o gerente do hotel me perguntando se eu preciso de algo em Rio Branco, é dia de compras em Rio Branco e vai sair um carro, dentro em breve...

- Sim, vou com o motorista de plantão, precisamos saber quais outras cidades próximas têm vagas em UTIs, caso Das Chagas necessite de internação. Sempre com duas máscaras e um pequeno frasco de álcool, vou visitar Das Chagas. Descubro que ele já está com febre há cinco dias. Esteve com os parentes dias antes de entrar em estado febril. Sua respiração parece tranquila. Dou o oxímetro para que ele próprio monitore o nível de oxigênio do seu sangue. Enfatizo que ele não deve entrar em contato com ninguém por quinze dias aproximadamente, e que use sempre o interfone. Deixo um recado para Doralice por debaixo da porta do seu bangalô.

O motorista substituto passa álcool 70° nos assentos do carro, na direção e vamos rumo a Rio Branco. Temos mais oito horas de estrada pela frente. Estamos de máscaras, os dois, vez por outra ele tem acessos de tosse, ponho a mão em sua testa febril. Percebo que o vírus pode ter chegado ao bangalô.

Já em Rio Branco me informo sobre a disponibilidade de leitos em UTIs, no mesmo prédio da prefeitura onde reúne-se o comando das ações de combate à pandemia. Levo o motorista para fazer o teste da covid, o resultado dá positivo. Vamos direto a um hospital, por precaução. Depois de feita uma triagem, ele fica internado na enfermaria tratando dos sintomas. Deixo o seu nome com a enfermeira – José Arimatéia dos Santos –, o endereço e telefone do hotel, ela anota tudo em uma pulseira e coloca-a em seu pulso. Agora ele é mais um dos muitos que estão sendo precariamente cuidados. Olho para outros pacientes sem pulseira, o que me faz sentir o drama daqueles que saem dali direto para o cemitério, sem nenhuma identificação, e são muitos nesta situação, cujos familiares não têm sequer a chance de velar seus mortos. Uma situação muito triste e de certa forma inusitada em minha experiência como médico.

Guardei a lista de compras que José Arimatéia me passou. É uma compra avulsa que o hotel está fazendo enquanto normaliza o fornecimento de suprimentos. Primeiramente vou comprar máscaras na loja de materiais médicos; com muita sorte consegui duas caixas, com cinquenta unidades cada. Vou a um supermercado lotado de gente, a maior parte sem máscaras, enfrento uma fila enorme que avança lentamente, faço as compras essenciais que estão na lista: água mineral, álcool, detergente, sabão em pó, sabão de coco e outros materiais de limpeza, depois vou à telefônica tentar ligar para Antônio e para João, os filhos de Doralice, para dar notícias suas.

Ainda bem que a ligação está boa. Informo que Doralice está muito segura nos bangalôs e pede por tudo para que se protejam do vírus. João, o filho médico, quer saber se há rios ou povoados próximos ao hotel. Tranquilizo-o de que não há, que os bangalôs são o melhor lugar em toda a floresta para se precaver do vírus. Quer saber mais detalhes da situação da pandemia no Acre. Digo-lhe que, graças ao hotel, estamos afastados de aglomerações, e de informações, e por este motivo Doralice não veio para falar com eles. Ele agradece o cuidado que estou tendo com sua mãe.

Compro todos os jornais disponíveis e pegamos mais oito horas de estrada de volta ao hotel; o gerente vem me receber muito preocupado. Três dos seus empregados estão apresentando sintomas leves da covid, estão isolados nos bangalôs vazios. Informo que José Arimatéia ficou internado no hospital das clínicas em Rio Branco e seu nível de oxigênio no sangue está sendo monitorado. Dou os dados da internação para que acompanhem no hospital a sua situação. Pergunto pelo motorista que está com os sintomas da covid, o gerente acha que ele está pior. Peço para vê-lo. Com duas máscaras superpostas e as mãos higienizadas, tomo sua temperatura, que continua com 37,2°, e a pressão parcial de CO_2 no sangue é de 37mmHg; ainda é o mesmo estado da última medição. Chego ao meu bangalô exausto, coloco a roupa suja em um saco plástico, fecho-o bem fechado, vou direto para debaixo do chuveiro. Passam-se alguns minutos e o gerente do hotel interfona, preocupado com os empregados. Tranquilizo-o dizendo que os sintomas do motorista permanecem sem alterações e que visitarei os outros dois depois do jantar. Já de banho tomado, interfono para Doralice.

- Olá, Zé Mauro, vi o seu bilhete. Por precaução, não saí do bangalô por todo o dia.

Com um suspiro de alívio pelo que acabo de ouvir, não comento mais nada sobre a pandemia, conto só sobre a conversa que tive com seus filhos e peço para que evite sair do seu bangalô. Dou boa noite e desligo o interfone. Antes de dormir, o interfone toca, é Doralice.

- Boa noite, Zé, desculpe estar ligando, sei que está cansado, mas estou um pouco preocupada com os meus filhos, com Leopoldo...

- Fique tranquila que, por lá, a situação está dominada. Já estão falando em desenvolvimento de vacina... Tudo muito incipiente, ainda...

Passam-se algumas semanas quando começo a sentir dores no corpo e febre. Aviso à Doralice para não sair do seu bangalô, para abrir as janelas e manter o quarto arejado. Peço ao gerente para que reforcem a higienização dos bangalôs, que os funcionários passem a usar duas máscaras protetivas. Passam-se duas semanas e os sintomas da covid não desaparecem... O gerente colocou um dos carros à disposição para ir para Rio Branco, caso precise de internação, mas prefiro ficar aqui nos bangalôs. Aconselho Doralice a evitar contato com qualquer pessoa. Estou tendo dificuldades com a respiração, mas de nada adianta ir para Rio Branco agora....

A minha pressão de CO_2 no sangue está normal. Solicitei unidades de testes de covid à comissão médica que está se reunindo em Rio Branco; o motorista entregou a solicitação, a qual foi atendida.

Depois de semanas nessa rotina de cuidados, a febre está baixando e as dores desapareceram, foi apenas um susto. Os empregados do hotel estão cuidando das suas famílias e acreditamos que o vírus não está mais aqui nos bangalôs, não por agora, pois fizemos os testes de covid com todos que estão nos bangalôs, hóspedes e funcionários, e todos deram negativo. Os motoristas estão melhores, inclusive o substituto José Arimatéia, que estava hospitalizado, já recebeu alta, também nele o vírus não foi mais detectado, está se recuperando para voltar ao trabalho. Os cuidados, entretanto, permanecem, posto que já foi normalizado o trânsito de pessoas no hotel, como os fornecedores de alimentos e de manutenção da infraestrutura dos bangalôs. O gerente, em certa ocasião, disse que só não fechou as portas por conta de nossas presenças.

Eu e Doralice decidimos que vamos ficar morando aqui nos bangalôs por uns tempos. O dono da rede hoteleira está construindo mais duas unidades para eventuais hóspedes, já que o movimento está retornando ao que era antes da pandemia. Eu e Doralice continuamos escrevendo o trabalho sobre o remédio homeopático que combate a malária, para apresentar no Congresso de Homeopatia. Estamos trabalhando no texto e discutindo os sintomas de Amaryllis stenophylla no corpo humano, fazendo tabelas onde constam os dados e as interpretações. Doralice enfim se refere aos meus escritos no verso das folhas do Livro dos Ossos, fala enfim sobre os meus poemas, se assim podemos chamá-los, diz que são lindos, instigantes e misteriosos, e que prefere ficar com o mistério a comentá-los.

- Você tem razão. Poemas são uma experimentação da língua, dos recursos linguísticos para dizer muito, expressar o máximo com poucas palavras, o que é um mistério quando isto acontece. Um mistério que se realiza entre o escritor e o leitor. Não tem explicação.

Quando por fim chegam as vacinas ao Brasil e a Rio Branco, quase não acreditamos. Está havendo um alívio generalizado na população do país, como um todo, e nos bangalôs, em particular. O Sistema Único de Saúde estabeleceu um calendário de prioridades, no qual se vacinam primeiramente os profissionais da saúde – médicos, enfermeiros e técnicos de enfermagem – e pessoas com comorbidade, Doralice está mais tranquila em relação aos seus filhos, e eu estou também mais tranquilo em relação a ela. Estamos todos tomando as doses necessárias, e à medida que aumentam os conhecimentos sobre o vírus, e vacinas mais potentes vão surgindo, nós e a população vamos nos imunizando, o que está acontecendo em todos os estados brasileiros. Aos poucos, bem aos poucos, retomamos a vida tranquila aqui dos bangalôs; graças a este isolamento e tranquilidade, estamos salvos.

Doralice está completamente adaptada à floresta e tem escrito muito. Fomos a Xapuri, mostrei-lhe a minha casa suspensa, onde vivi por quase quarenta anos, e que vai ficar como uma base para nossas futuras incursões na floresta; mostrei-lhe a casa onde morou Chico Mendes. Aos poucos iremos adentrar pelos rios, para que se sinta cada vez mais integrada a este nosso planeta Terra. Assim que tomamos as duas doses da vacina, seus filhos vieram visitá-la aqui, nos bangalôs. Estão adorando a nova vida que sua mãe está levando. Por enquanto não saem muito do hotel que, em si, já é muito aconchegante e ao mesmo tempo amplo. Estão aproveitando a presença da mãe, que superou três cirurgias e passou ilesa por uma pandemia. Trouxeram carne de sol, feijão verde e doces de caju e mangaba; solicitamos o uso da cozinha ao gerente para no próximo fim de semana prepararmos o almoço dos novos hóspedes, sob supervisão da querida Doralice. Seus filhos disseram que não tinham noção da grandiosidade da floresta e pretendem fazer incursões, ainda nesta viagem. Pergunto se precisam da minha ajuda, a qual foi polidamente dispensada. Doralice rogou que eles contratassem um guia, pois não quer preocupações.

Fim

CiRCuiTO